El club de las
PASEADORAS
DE PERROS

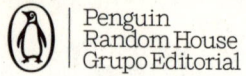

El club de las paseadoras de perros 1
Amistad al primer ladrido

Primera edición en España: abril, 2020
Primera edición en México: septiembre, 2022
Primera reimpresión: abril, 2023
Segunda reimpresión: abril, 2024

D. R. © 2020, Patricia Mora Pérez, por el texto

D. R. © 2022, Penguin Random House Grupo Editorial, S. A. U.
Travessera de Gràcia, 47-49, 08021, Barcelona

D. R. © 2024, derechos de edición mundiales en lengua castellana:
Penguin Random House Grupo Editorial, S. A. de C. V.
Blvd. Miguel de Cervantes Saavedra núm. 301, 1er piso,
colonia Granada, alcaldía Miguel Hidalgo, C. P. 11520,
Ciudad de México

penguinlibros.com

D. R. © 2020, Diana Mármol, por las ilustraciones
Diseño de colección: lookatcia.com

ISBN: 978-607-381-951-0

Impreso en México – *Printed in Mexico*

Patricia Mora   ilustraciones de Diana Mármol

El club de las
PASEADORAS
DE PERROS
Amistad al primer ladrido

MOLINO

Capítulo 1

La señora Robinson es patinadora de libros

—El jardín es enorme, ¿verdad?

Su madre la miró de reojo, con la sonrisa ladeada. Llevaba alabando todo lo bueno que tenía la casa desde que le dijeron que iban a mudarse. Pero a Ana el jardín la traía sin cuidado. ¡Solo quería volver a su antigua casa! Apenas había tenido tiempo de recorrer el pueblo, pero **un sitio llamado Downville** entre montañas y **en medio de la nada** no sonaba muy alentador. Le daba igual que el jardín de su casa nueva fuera más grande, que su cuarto estuviera en el ático o que tuvieran una chimenea. Su plan era seguir enfurruñada mirando por la ventana hasta que sus padres decidieran volver a su casa de verdad. En algún momento tendrían que ceder, ¿no?

Mientras Ana seguía en su particular huelga de aceptación de la realidad, su madre continuaba sacando cosas de las cajas de la mudanza y colocándolas en su sitio. Y seguía duro y dale con la casa.

—Bueno, y el silencio... ¡No se escucha ni una mosca en este barrio! Ya no tendremos que escuchar al vecino de arriba aporreando la batería. ¿Te acuerdas de la tarde que se pasó intentando tocar «We are the champions?» —Ana no contestó, pero su madre seguía—. No sé cómo no nos quedamos sordos. Al pobre Jack le iba a dar un infarto...

Jack estaba contentísimo con el cambio de casa, claro. Jack era el perro de la familia y Ana lo consideraba como un hermano. Lo habían rescatado de la perrera hacía dos años y, desde entonces, se convirtió en el mejor amigo de Ana. En ese momento estaba como loco corriendo por el jardín, haciendo hoyos por todas partes. Normalmente tenía el pelo blanco, con manchitas oscuras y la mitad de la cara de color canela. Pero, después de tanto juego, acabó rebozado en arena y de color café oscuro. Al contrario que Ana, que era más bien tranquila, Jack era incapaz de estar quieto y siempre buscaba algo con que entretenerse, ya fuera con juguetes o correteando por ahí. Su madre seguía hablando desde la cocina.

—La señora Robinson es la persona mayor que vive al lado. Parece muy linda, aunque su jardín está un poco descuidado... ¡Ah, y tiene un perrito! Es pequeñito, te va a encantar. ¿Quieres que vayamos a conocerla?

Ana miró a su madre con el ceño fruncido. Estupendo, **el plan** de hoy iba a ser visitar a una señora de cuatrocientos años. La mudanza iba de mal en peor.

—Me dijo que haría galletas con chispas de chocolate —dijo mamá sonriendo y levantando las cejas.

«Bueno, algo es algo», pensó Ana.

—Está bien... —aceptó Ana, resignada.

Ya que no tenía amigas y estaba condenada a morir de aburrimiento en esa casa, al menos lo haría con el estómago lleno de galletas.

Mientras su madre aplaudía emocionada y seguía alabando la nueva casa, Ana subió a su habitación. Siempre quiso un ático, de esos con el techo inclinado y una ventana desde la que ver las estrellas. ¡Como en las películas! Y ahora por fin lo tenía. Sin embargo, prefería volver a su cuarto diminuto en su antiguo departamento de la ciudad, estaba segura.

Ana se vio en el espejo que tenía en su nuevo tocador. **«Cielos, qué pelos»**, pensó. Sus rizos pelirrojos acostumbraban a no dejarse dominar, pero hoy cada uno iba a su rollo. Sus ojos cafés oscuros la miraron con escepticismo desde el espejo. Intentó alisarse un poco el cabello, pero a los diez segundos desistió. «Pero, si voy a ir a casa de una anciana, ¿qué más da?».

Al salir de casa, Ana buscó con la mirada a su perro Jack, que estaba con la cabeza enterrada en uno de los hoyos que él mismo hizo.

—¡Jack, ven!

Apenas había terminado de decirlo y Jack ya corría veloz hacia ella moviendo la cola blanca y esponjosa a

mil por hora. Ana le acarició su cabecita blanca y marrón y le sonrió. Por muy hiperactivo que fuera, su pasatiempo favorito era estar con Ana y la acompañaba a todas partes. Pasaba tanto tiempo con él que a veces sentía que podían leerse la mente.

La casa de la señora Robinson estaba justo a la derecha de la suya, pero no tenía nada que ver. El jardín de la casa de Ana (y de la mayoría de los vecinos del barrio) estaba bien cortado, delimitado con vallas y con algunas flores decorativas. El de la señora Robinson era una selva. Donde en su día hubo una valla, ahora había cientos

de enredaderas que se enrollaban alrededor de los tablones de madera, medio rotos y llenos de musgo. No había un camino central hasta la puerta principal. La hierba, de casi treinta centímetros de altura, había crecido entre las antiguas baldosas. Además, por aquí y por allá, flores, arbustos y árboles crecían sin control, enredándose entre sí.

Ana se quedó mirando a su alrededor boquiabierta: las plantas eran más altas que ella. ¡Era un lugar perfecto para jugar a las escondidas! ¡O para hacer laberintos! **«¿Y con quién voy a jugar?»**, dijo una vocecilla en su cabeza con tristeza.

Todavía no tenía amigas en este nuevo pueblo y seguro que la señora Robinson no estaba para esos trotes.

O quizá sí.

La señora Robinson acababa de salir de casa y las miraba desde el porche con una sonrisa de oreja a oreja y los brazos en la cintura.

—Bueno, bueno, bueno... Pero ¿qué tenemos aquí? —preguntó con una voz sorprendentemente grave y ronca.

Era una mujer muy bajita, apenas unos diez centímetros más alta que Ana, y estaba increíblemente musculosa para su edad. La señora Robinson aguantaba el calor del último día de agosto con un overol y llevaba el pelo blanco recogido con una banda morada a modo de diadema y una gran trenza enrollada en la parte baja de la cabeza.

—Tú debes de ser Ana, ¿no?

Ana asintió con la boca abierta. Se había quedado embobada con los anillos que llevaba la señora Robinson. Una media de tres por dedo. ¡Y eran increíbles! Una calavera, serpientes, flores...

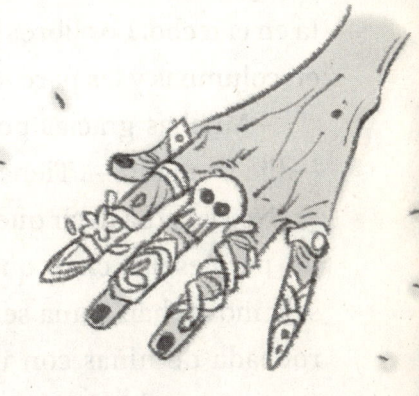

—¿Te gustan mis anillos? —le preguntó al ver cómo los miraba—. Los hago yo misma en el taller. Te puedo hacer uno si quieres.

—**¿Y enseñarme a hacerlos?** —preguntó Ana ilusionada.

La señora Robinson se rio.

—¡Así me gusta! ¡Con iniciativa! Por supuesto que sí —le acarició el pelo con dulzura—. Pero pasen, pasen. Perrito incluido.

En realidad Jack no tenía muchas ganas de entrar. Estaba entretenido mordiendo un tronco que se encontró en el jardín. Ana le dijo con la mirada «ven para acá» y Jack la siguió resignado al interior de la casa.

Si el jardín de la vivienda de la señora Robinson era una selva, la casa no se quedaba atrás. Parecía que había más plantas adentro que afuera, y había enredaderas hasta en el techo. Los libros se acumulaban por todas partes en columnas y las paredes estaban llenas de fotos.

—Muchas gracias por invitarnos, señora Robinson —dijo su madre—. Tiene una casa muy... original.

No se podía decir que la casa fuera bonita ni ordenada, pero estaba claro que era un hogar. Las fotos de la sala mostraban a una señora Robinson algo más joven, rodeada de niñas con uniforme. En el bosque, en la montaña, en la piscina...

—Fui la monitora de las Girl Scouts del pueblo durante veinte años —dijo la señora Robinson—. Me encanta enseñarles cosas a las niñas. ¡No sabes cuánto! —les indicó que se sentaran junto a la mesa de la sala—. Ahora me dedico a hacer joyas en el taller, a aprender a cocinar y a cuidar de Lolita.

—¿Quién es Lolita?

Debió de escuchar su nombre porque, justo en ese instante, una bolita blanca cruzó como un relámpago el

 12

pasillo y saltó al regazo de la señora Robinson. Lolita era una caniche superenana de pelo blanco y rizado y con unos ojos muy redondos.

—Aún es un cachorro, como puedes ver —afirmó la señora Robinson acariciándole las orejitas—. ¡Es un manojo de nervios!

En ese momento, Jack, que estuvo olfateando todas las cosas que había por el suelo (y eran muchas), empezó a ladrar.

—Qué raro —dijo mamá con el ceño fruncido—, siempre se ha llevado bien con todos los perros.

Lolita le respondió a Jack con un sonido estridente y agudo que se asemejaba a un ladrido. Y Jack le devolvió el ladrido. Y ella a Jack. En menos de veinte segundos, **la orquesta sinfónica de Villa Ladrido** se había colado en la sala de la casa.

—¡Vamos, Lolita! ¡No pasa nada! —gritaba la señora Robinson.

—¡Jack, deja de ladrar, que es una amiga! —gritaba mamá.

Ana se quedó mirando extrañada a los dos perros. Ni siquiera se estaban ladrando el uno al otro. Jack no ladraba enfadado (Ana conocía todos los ladridos de su perro como si hubiera estudiado Perruno en la escuela). Intentaban advertirlas de algo. Pero ¿de qué?

Y entonces lo olió.

—Señora Robinson, ¿tiene algo en el horno?

La señora Robinson abrió muchos los ojos y se levantó de un salto, dejando caer a la pobre Lolita al suelo.

—¡Mis galletas!

La mujer salió corriendo en dirección a la cocina (todo lo deprisa que puede correr una señora de ochenta años), pero no llegó como ella esperaba. Y todo sucedió muy rápido. O muy lento, porque Ana lo vivió como si fuera una escena a cámara lenta.

Al dar el primer paso, no tuvo en cuenta que había tirado a Lolita al suelo, lo cual le hizo perder el equilibrio. La señora Robinson apoyó una mano en la pared pero, como estaba cubierta de cuadros, apenas pudo apoyarse. El cuadro al que se agarró cayó al suelo, golpeó una de las columnas de libros que había por la sala y cayeron desparramados delante de la señora Robinson, que intentó sortearlos como un saltamontes. Libro por aquí, suelo por allá... Algunos piensan que los libros son aburridos, pero eso es porque no han visto a la señora Robinson patinar con uno bajo los pies por toda la sala hasta la cocina. Al cruzar la puerta de la cocina, la señora Robinson intentó bajarse de su patineta improvisada, pero iba a tal velocidad, que acabó estampada de bruces contra el suelo.

Tanto Ana como su madre, que vieron todo lo que había pasado en tres segundos como quien ve pasar un perro verde haciendo malabares, se levantaron corriendo para ayudar a la señora Robinson. Cuando llegaron a la cocina, se la encontraron tumbada en el suelo riéndose, mientras el humo empezaba a enturbiar

el ambiente. Su madre sacó corriendo las galletas del horno, negras como el carbón.

—¿Me vieron? —decía la señora Robinson señalando los libros desparramados que dejó a su paso—. ¡Eso tiene que ser algún tipo de récord!

Ana no podía creer el buen humor que tenía la señora Robinson. Ahí estaba, tirada en la sala, con los pelos fuera de la trenza, magullada por todas partes y posiblemente con algo roto, pero riendo sin parar. **¡Si eso no era optimismo...!**

La señora Robinson intentó levantarse, pero parecía misión imposible, así que su madre llamó a una ambulancia. Ana se quedó sentada en el suelo junto a la señora Robinson.

—Yo juraría que patinó al menos tres metros con un libro —aseguró Ana sonriendo y mirando el reguero de libros por la sala.

—¡Puede que cuatro! —exclamó la señora Robinson animada. Agarró el libro que la había llevado hasta la cocina y leyó el título—. *Leñadoras*. Es una buena lectura. Te lo presto si me haces un favor —Ana asintió—. ¿Podrías sacar a pasear a Lolita mientras no pueda caminar?

—¡Pues claro, señora Robinson! —exclamó Ana, encantada de poder ayudar—. Me llevo muy bien con los animales, ya verá que la pasamos genial.

—Muchas gracias, bonita —contestó con una sonrisa.

Ana y su madre se despidieron de ella cuando llegó la ambulancia. Según los médicos de urgencias, no tenía nada grave. Cargó a Lolita y llamó a Jack. La señora Robinson se había portado muy bien con ella, así que le iba a demostrar lo buena cuidadora de perros que era.

—Mamá, ¿podemos ir los tres al parque?

Su madre asintió.

—Pero ¡no vuelvas muy tarde!

Fue corriendo a buscar las correas de los dos perros y enganchó una a cada uno. Los dos estaban bastante contentos de salir a pasear, así que iban saltando más que andando. Ana intentaba que los dos siguieran el mismo ritmo, pero pronto se dio cuenta de que iba a ser más difícil de lo que había pensado. Jack era más enérgico y quería ir más rápido; Lolita se paraba a oler todas las flores que encontraban en el camino. Apenas llegaron al final de la calle y Ana se vio con los brazos estirados, con Jack jalando de un extremo y Lolita parada en el otro. «Bueno, esto no funciona». Se quedó pensando cómo arreglarlo mientras los vecinos que pasaban por allí la miraban raro. «Normal —pensó—, ¿dónde se ha visto una paseadora de perros tan descoordinada?».

Viendo que iba a ser imposible que los perros se pusieran de acuerdo a la hora de andar, Ana aligeró el paso para llegar al parque que había cerca de casa. ¡Era un parque enorme! Tenía árboles muy altos y el pasto estaba limpio y bien cortado. Su madre le dijo que incluso había

un lago, pero Ana todavía no lo había visto. «Pues tendré que encontrarlo», se dijo.

A Ana le pareció ver el lago al final del camino de cerezos, pero, por si quedaba alguna duda, Jack y Lolita se lo confirmaron ladrando alegremente y correteando hacia allá. Como los tenía atados, no le quedó más remedio que empezar a correr para seguirles el ritmo.

A pesar de los jalones, Ana se reía mientras corría. Siempre le había gustado correr y sentir el aire en la cara, pero cuando vio lo cerca que estaba del lago y que los perros no tenían intención de frenar, empezó a tartamudear:

—Esperen... No, no... ¡Jack, Loli...!

Demasiado tarde.

—¡Nooooo!

Ana cerró los ojos antes de caer al agua y darse un buen chapuzón, pero cuando los abrió se llevó una gran sorpresa.

El lago apenas tenía unos centímetros de profundidad en esa zona, por lo que el agua no le llegaba ni a las rodillas. Además, como llevaba pantalones cortos, solo se había mojado los zapatos. Ana se echó a reír. **«Bueno, igual exageré un poquito».**

Ana soltó a los perros y los dejó chapoteando en el lago. Ella se sentó en la orilla y se quitó los zapatos y los calcetines empapados. «Qué bien se la pasan los perros», pensó observando a Jack con su nueva amiga. «Qué poco les cuesta hacer amigos». Ana estaba aterrada solo de pensar que no conocía a nadie en la nueva escuela. «¡Por favor, que mis nuevos compañeros sean simpáticos!».

Mientras pensaba en cómo sería su primer día de clases, se le acercó un perro y le lamió la mano.

—Bueno, hola a ti también —dijo Ana riéndose.

Era un labrador precioso. Tenía el pelo rubio y muy suave. «¿De quién es este perro?». Ana levantó la cabeza y vio a un chico corriendo hacia ellos con gesto preocupado.

—Perdón, lo siento —dijo casi sin aliento.

Era un chico de su edad, con el pelo rubio y alborotado después de tanto correr. Tenía los ojos verdes y una sonrisa muy bonita. A Ana le pareció tan guapo que se sonrojó.

—No pasa nada —repuso Ana mirando más al suelo que al chico. El perro volvió a lamerle la cara y se fue a jugar con Jack y Lolita—. Parece que le caigo bien, ¿no?

—La verdad es que sí —contestó el chico mientras se arreglaba la camisa y el pelo—. Normalmente solo quiere correr y jugar a la pelota, pero parece que tus perritos le gustaron.

Señaló con la cabeza a los tres perros, que se revolcaban en el charco de agua. El chico la miró con atención y Ana sintió cómo se ponía colorada otra vez.

—¿Eres nueva en el barrio?

—Sí —sonrió tímidamente—. Nos mudamos hace una semana. ¿Tú eres de aquí?

—Nací aquí. Mi padre es profesor de deportes en la escuela Wellington —Ana abrió mucho los ojos.

—¡Esa es mi escuela! —exclamó, quizá más alto de lo que quería—. Bueno, lo será a partir del próximo grado —añadió un poco más bajo.

—No te preocupes, te va a gustar —la tranquilizó el chico—. Oye, ¿me ayudas a agarrar a Jones? Llego tarde a mi clase de piano.

Los dos se acercaron a la nueva pandilla de perros e intentaron colocarles las correas. Pero eso siempre es más fácil decirlo que hacerlo.

—Agárralo por allá y así...

—Bueno, Lolita ya está...

—Espera que...

—No, mejor por aquí...

—¿Puedes agarrar...?

—Un momento...

—¡Ay! —gritaron los dos a la vez.

Se habían entrechocado las cabezas y los dos se frotaban la frente. Al menos consiguieron ponerles las correas. El chico sonrió.

—Gracias por la ayuda. Nos veremos por aquí, supongo. ¡Aunque espero que no nos volvamos a dar un cabezazo!

Y tal y como llegó, se fue: corriendo con Jones por el parque. Ni siquiera le preguntó su nombre. Ana se quedó mirándolo como una boba, hasta que empezó a sentir a Jack y a Lolita jalando de sus respectivas correas.

—Bueeeno, vámonos a casa.

Cuando llegó a casa, su madre le informó que la señora Robinson no llegaría hasta mañana. Al parecer solo tenía un esguince en el tobillo derecho, por suerte. Eso significaba que Lolita se quedaba esa noche en casa, así que... **¡Pijamada!** Solo apta para perros, claro.

Capítulo 2

La cotorra chismosa

—¡Buenos días!

Un rayo de sol iluminó la cara de Ana cuando su padre abrió las cortinas.

Ana murmuró algo incomprensible y se acurrucó entre las sábanas.

—Lo siento, lindura, pero hoy toca escuela —dijo su padre sonriendo feliz.

«¿Quién puede estar tan contento a esas horas de la mañana?», se preguntó Ana.

Sin pensarlo dos veces, se levantó, se vistió corriendo y bajó a la cocina para desayunar. Jack seguía durmiendo en su cama. «Vaya suerte». Su padre, pastelero de profesión y entusiasta de la cocina y, más concretamente,

de los dulces, preparó todo un festín ese día: pan tostado, waffles, jugo, hot cakes, galletas...

—Mamá ya se fue a trabajar, así que desayunamos nosotros y te llevo a la escuela. ¡Ah! Y prueba estos panquecitos —sugirió mientras le ponía un panqué debajo de la nariz.

—Buenísimos, como siempre —dijo Ana con la boca llena.

Su padre sonrió satisfecho. Su mayor alegría era que la gente disfrutara con la comida y Ana estaba encantada de hacer sus sueños realidad, claro.

Aprovechando que su madre no estaba para decirles que no engulleran como pavos, comieron cuanto quisieron y se prepararon para irse. Antes de salir, Ana se acercó a Jack para despedirse, como siempre.

—Nos vemos por la tarde. Iremos a ver a la señora Robinson, ¿va?

Jack la miró dando su aprobación y le rozó la mejilla con el hocico.

Padre e hija se montaron en la camioneta de reparto. Siempre olía a pan recién hecho. A Ana ese olor siempre le despertaba el apetito, aunque acabara de zamparse el desayuno. El viaje en coche se le hizo muy corto y, cuando llegaron a la puerta de la escuela, Ana se sintió un poco nerviosa. Atento, su padre le dijo:

—Ya verás como harás amigos enseguida. Sonríe y sé tú misma, lo demás vendrá solo.

Ana suspiró a modo de respuesta y bajó del coche.

La escuela era enorme y Ana no había ido nunca antes, así que sacó el papel donde tenía apuntada su clase y se dispuso a buscarla. **«Quinto de primaria C, aula 135»**, repitió mentalmente mientras miraba los letreros de las aulas a su alrededor. Lo que más le extrañaba era que todos los alumnos que veía eran mayores, todos eran alumnos de secundaria y no veía a nadie de su edad. «Qué raro».

Ana siguió buscando pasillo por pasillo y en el primer piso encontró la suya. ¡Por fin! Ya estaban todos dentro, así que llamó a la puerta antes de entrar.

—¡Adelante! —le llegó una voz grave desde dentro, y Ana abrió la puerta.

—Disculpe, soy Ana Ramírez, soy nueva, pero me dijeron que mi clase era la 135. ¿Puedo pasar?

—Señorita Ramírez, ¿cuántos años tiene? —le preguntó un señor rechoncho y con bigote sentado a la mesa del profesor.

—Diez —respondió Ana. Toda la clase se rio y ella se puso colorada como un tomate.

—Señorita Ramírez, este es el edificio de secundaria. Usted debería estar en el de primaria, al otro lado de las canchas de básquetbol.

Ana cerró la puerta y salió corriendo en busca del edificio que le había dicho. «¡¿Por qué nadie me dijo que había dos edificios?! **¡Voy a matar a papá por dejarme en la puerta del edificio equivocado!**».

Para cuando llegó al otro edificio y encontró su clase, Ana estaba sin aliento, sudando como un pollo y tan agobiada por la hora que era que se metió en el aula 135 sin ni siquiera llamar antes.

—Hola, soy Ana Ramírez. Soy nueva. Llego tarde porque me equivoqué de edificio —dijo atropelladamente.

Toda la clase, incluida la profesora, se quedó mirándola fijamente. Ana sintió cómo se volvía a poner roja.

—Hola, Ana. Soy la señorita Sara Tucker —dijo sonriendo con dulzura. Era una mujer joven, con el pelo rubio y unos ojos castaños enormes. Llevaba unos lentes de media luna caídos casi sobre la punta de la nariz—.

Soy su profesora de música y tutora de este grado. **Bienvenida.**

—Gracias —respondió Ana recuperando el aliento.

Ana miró a su alrededor y vio cómo todo el mundo la observaba. Todos los alumnos tenían compañero, así que se fue al fondo de la clase. Sus compañeros seguían mirándola; Ana nunca había estado tan roja. La señorita Tucker carraspeó.

—Bueno, chicos, dejemos que Ana se acomode en su nuevo sitio y continuemos con lo que estábamos haciendo. En la página 17...

Ana dejó escapar un suspiro. Por fin dejaron de mirarla, así que empezó a colocar sus cosas en la mesa y a intentar seguir la clase. La mañana pasó lenta y aburrida. Entre clase y clase, los niños platicaban, se levantaban, hacían bromas... Pero nadie se acercó a Ana y ella no tuvo el valor suficiente como para hablar con los demás.

En el extremo opuesto de la clase estaba otra chica en su pupitre que tampoco parecía relacionarse con los demás. Cada vez que podía, sacaba un cuaderno de dibujo y se ponía a pintar. Ana se incorporó disimuladamente desde su pupitre para ver si alcanzaba a ver lo que estaba dibujando, pero estaba demasiado lejos.

Cuando sonó el timbre de mediodía que indicaba la pausa para comer, Ana estaba desolada. **«¡Comer sola debe de ser lo más triste del mundo!»**. Si no fuera porque le empezaban a hacer ruido las tripas, Ana se habría quedado en la clase esperando a que volvieran los demás. Pero su estómago era más poderoso que su timidez, así que se dirigió al comedor con paso decidido.

El comedor era una sala enorme, con mesas grandes a las que podían sentarse hasta ocho niños juntos. Al fondo, estaban las cocineras que repartían la comida a los niños que se acercaban con sus bandejas. Ana fue hacia allí y, al pasar junto a una de las mesas, reconoció al chico del parque, rodeado de chicos y chicas de su clase. Él no la reconoció, o quizá no la vio, porque Ana pasó como un rayo por su lado.

Al llegar al mostrador, Ana eligió un par de platos y se volteó para buscar una mesa libre. La mayoría estaban ocupadas y tampoco reconocía a nadie de su clase.

—¡Ey! ¡Hola!

Para su sorpresa, el chico del parque sí la reconoció y la estaba saludando un par de mesas más allá. Ana intentó olvidarse de la vergüenza y se acercó con paso algo torpe hacia donde estaba. «Al menos no estaré sola».

El chico estaba en la esquina de la mesa y le hacía señas al resto de sus amigos para que hicieran sitio en la banca. Ana sonrió pensando en lo amable que era. El chico dio un golpe en la banca para indicarle que se sentara...

¡¡PATAPUM!!

Ana vio cómo la bandeja salía despedida por los aires mientras se tropezaba y caía al suelo. Cuando escuchó el estrépito de la bandeja al caer, levantó la cabeza y vio con horror al chico del parque lleno de espaguetis con tomate y verduras.

A su alrededor empezaron a sonar las risas de todos los niños que estaban en el comedor. El chico intentaba sin éxito quitarse los restos de comida de encima. Ana

murmuró un «lo siento» prácticamente inaudible y salió corriendo muerta de vergüenza.

Ana corrió y corrió por el pasillo, hasta que se topó con un baño de chicas y entró. Se sentó en una esquina e intentó calmarse. Estaba avergonzada y respiraba entrecortadamente después de la carrera. Decidido. No pensaba volver nunca más. Los niños se iban a reír de ella hasta el final de los tiempos. Y aquel pobre chico... No volvería a hablar con ella nunca más. ¡Y con razón! Para una persona que conocía ¡y la embadurnaba de espaguetis con tomate! **¡Qué desastre!**

De repente, se abrió la puerta del baño y Ana se encogió un poco más en la esquina con la intención de pasar desapercibida. Sin embargo, la chica se acercó a ella y se sentó a su lado. Tenía el pelo oscuro y liso y los ojos rasgados y marrones. Era la niña que dibujaba en clase.

—Tienes los cabellos un poco *loros* —dijo la chica con un acento un poco raro mientras señalaba los rizos anaranjados y despeinados de Ana—. Pensé que tendrías hambre, así que te traje algo —le dio un sándwich y una manzana—. Si se te cae, no mancharás a nadie —añadió con una sonrisa.

Ana se rio. Le dio un bocado al sándwich y se relajó un poco.

—Gracias —dijo cuando comió un poco—. ¿Siguen riéndose de mí en el comedor?

—No, entró un profesor y ya están todos como si nada. En dos minutos se habrán olvidado del tema.

Ana sonrió ante su intento de tranquilizarla.

—¿Y el chico? —preguntó en un susurro.

—Se fue con unos amigos al baño. Supongo que intentarán quitarle toda esa comida de encima —la chica la miró de reojo—. ¿Es amigo tuyo?

—No... —dijo Ana con pena—. Solo lo he visto una vez, pero fue muy amable.

—Si es así, no te preocupes. Seguro que no está enfadado —afirmó la chica convencida. Como Ana seguía cabizbaja, añadió—: ¿Quieres que vayamos a buscarlo?

—¡No! —saltó Ana de repente poniéndose colorada (por enésima vez).

La chica se rio entre dientes.

—Eso es que **te gusta...** —canturreó por lo bajo.

—¡Que no! —exclamó Ana con la cara a punto de estallar—. A ver, es guapo y eso, pero...

Las dos chicas se rieron y Ana consiguió olvidarse de lo que pasó en el comedor. En ese momento, volvió a sonar el timbre y las dos chicas se fueron a clase. Cuando llegaron, juntaron sus pupitres al fondo.

La chica se llamaba Rosie Kido. Se había mudado al pueblo el año pasado y tampoco tenía muchas amigas.

—Es que no he encontrado a nadie que le guste lo mismo que a mí —dijo encogiéndose de hombros.

—¿Y qué es lo que te gusta?

—Me gusta mucho tocar el violín y también dibujar... ¡Ah! Y tengo un perrito que adoro.

—¿En serio? —dijo Ana casi gritando—. ¡Yo también! Se llama Jack, lleva conmigo dos años.

—El mío se llama Hamlet, por el libro, ¿sabes?

—¿Qué libro?

—Ya sabes, el libro en el que el protagonista, Hamlet, tiene que vengar a su padre, que se le presenta como un fantasma del más allá, porque su tío, que es más malo que un demonio y encima se ha casado con la madre... Bueno, un rollo.

Rosie se quedó mirándola con entusiasmo. Ana no había entendido muy bien la trama, pero le gustaba la emoción que sentía su nueva amiga. Lo cierto es que tendría que leerlo.

—Qué genial. Podríamos quedar para ir al parque con nuestros perros.

—¡Claro! —respondió Rosie entusiasmada—. Te advierto que mi perro, aunque tiene un año, es bastante grande.

—Tranquila, no me dan miedo por muy grandes que sean —dijo Ana, envalentonada—. ¿Me enseñas lo que estabas dibujando antes?

Rosie abrió una de sus libretas y le enseñó el dibujo que estuvo haciendo por la mañana en vez de prestar atención en clase.

—Es un pájaro que se veía desde la ventana —explicó.

El dibujo estaba hecho a lápiz y era superbonito. Las plumas tenían muchos detalles y solo le faltaban por hacer las patitas.

—No está terminado —se apresuró a decir Rosie—. Tampoco me ha salido muy bien...

—Pero ¡qué dices! —la interrumpió Ana—. Es el mejor dibujo que he visto nunca.

Y lo decía de verdad. Ana se quedó maravillada con la habilidad de Rosie para dibujar y deseó pintar la mitad de bien que ella. ¡Qué envidia!

Ana y Rosie se pasaron lo que quedaba de día cuchicheando mientras las clases iban transcurriendo. Al final quedaron esa misma tarde para ir al parque con Jack, Hamlet y Lolita, la perrita de la señora Robinson.

Al llegar a casa, Ana corrió a buscar la correa, agarró a Jack, un panqué y se despidió de sus padres, que se quedaron boquiabiertos al verla con tanta energía. Antes de ir hacia el parque, Ana pasó por casa de la señora Robinson. Como aún seguía con las muletas por lo del esguince, Ana se encargaba de sacar a Lolita a pasear y la señora Robinson le daba una pequeña paga en agradecimiento. Al salir de su casa, vio a la señora Robinson sentada en el suelo de su propio jardín plantando unas flores muy pequeñas.

—¡Hola, señora Robinson! —la saludó Ana desde la distancia—. ¿Qué está haciendo?

—¡Hola, Ana! Pues practicar la jardinería —respondió—. Me han llegado rumores de que mi jardín está descuidado —añadió divertida—. Lolita está detrás del árbol, le gusta echarse a la sombra.

Lolita estaba tirada en todo su esplendor, con sus ricitos al viento. Ana fue por ella y le puso la correa. Jack jalaba desesperadamente de su correa para salir corriendo en dirección al parque, mientras que Lolita todavía estaba pensando si quería levantarse del suelo o no. Ana intentó parar a uno y poner en marcha a la otra, pero acabó dando vueltas alrededor de sí misma y enredándose con las correas. Entonces se le ocurrió una idea. Para evitar los jalones de uno y de otro, Ana tomó la correa de Jack y se la ató a una de las trabillas de sus pantalones. Después hizo lo mismo con la correa de Lolita, que la ató a la trabilla opuesta. Así, podía moverse con más libertad.

—¿Qué estás haciendo? —le preguntó la señora Robinson con curiosidad.

—Se me ha ocurrido que así será más fácil llevarlos, porque tengo las manos libres —explicó Ana orgullosa de su invento—. ¡Lo llamaré el **perricinturón**!

La señora Robinson la miró pensativa. Y, de repente, se levantó como pudo.

—Qué interesante... Lo siento, tengo que irme —dijo mientras agarraba las muletas—. ¡Se me ha ocurrido una cosa!

Ana se encogió de hombros mientras veía alejarse a la señora Robinson. «A esta mujer no la para ni un tren», pensó mientras se ponía en marcha con los perros.

Por el camino, Ana tuvo más problemas de los que pensaba. Al pasar junto a un árbol, Jack pasó por la derecha y Lolita por la izquierda, dejando a Ana clavada frente al árbol sin poder moverse. Cuando consiguió convencerlos de dar marcha atrás, uno quería irse hacia el parque y Lolita parecía querer volver por donde vino. El camino de quince minutos al parque se convirtió en casi media hora y Ana no paraba de pensar en la pobre Rosie. Afortunadamente, su nueva amiga la estaba esperando en el parque, junto a la puerta principal, donde un letrero rezaba: «Parque Jane Goodall». Sentado junto a ella estaba su perro Hamlet. Rosie ya le había comentado que era grande, pero Ana nunca había visto uno igual. Era un gran danés de pelo grisáceo y ojos tristes que medía casi lo mismo que Rosie de pie.

—¡Cielos, Rosie! ¡Tu perro es enorme!

Como si supiera que se refería a él, Hamlet se puso de pie y empezó a mover la cola contento. A su lado, Lolita parecía un perro de juguete y, por un momento, a Ana le preocupó que no se llevaran bien. Pero, una vez más, los perros se ponían de su parte. Los tres hicieron un círculo para olerse y conocerse mejor y todos parecían bastante contentos.

—Este es Jack y esta es Lolita —dijo Ana señalando a cada uno de ellos—. Lolita es la perra de mi vecina, que anda con muletas y no puede sacarla a pasear.

—Cuantos más perros, mejor —repuso Rosie sonriendo—. Vamos a llevarlos al área para perros, ahí se pueden dejar sueltos para que corran.

Ana aún no conocía el área para perros y, cuando la vio, le pareció **el mejor lugar del mundo**. Estaba lleno de perros de todos los tamaños, colores y razas, y parecía que todos se llevaban muy bien. El parque Jane Goodall era casi más grande que el pueblo en sí. De hecho, al otro lado de la valla más alejada, el parque se extendía en forma de bosque y subía la ladera de una de las montañas que rodeaban Downville. Cada vez más convencida de lo genial que era el parque, Ana y Rosie soltaron a sus perros.

Mientras observaban cómo Jack se volvía loco jugando con todos los perros, Hamlet se acercaba desconfiado

a beber agua y Lolita se sentaba en la sombra, Rosie señaló de repente a la copa de los árboles.

—¡Mira, una *chismosa*! Ana miró hacia donde apuntaba el dedo de Rosie, pero solo vio las ramas de los árboles.

—Creo que no sé a qué te refieres —dijo Ana confundida—. ¿El árbol? Es un cerezo, ¿no?

Rosie seguía apuntando a las ramas de los árboles.

—No, el animal es una *chismosa* —le explicó como si fuera lo más obvio del mundo.

—Pero, Rosie, las chismosas son personas a las que les gusta hablar de otras personas, no son animales.

Rosie la miró extrañada.

—Bueno, es una *chismosa* muy bonita —dijo encogiéndose de hombros.

Cuando los perros se cansaron de estar en el área de perros, les ataron las correas y emprendieron el camino a casa. No llegaron muy lejos cuando se les acercó una niña y una anciana corriendo. Las dos eran bastante bajitas y

una pomerania pequeña corría junto a ellas. La anciana tenía la cara roja de tanto correr y apenas podía hablar. Aunque a la niña tampoco es que le sobrara el aliento.

—Perdonen... ¿no habrán... visto... una cotorra... por aquí?

Rosie no parecía haberlo entendido y miró a Ana para que respondiera.

—La verdad es que no. ¿Se les ha perdido?

—A mi abuela, que es una despistada —añadió la chica intentando poner en orden su pelo largo y rubio y señalando con la cabeza a la anciana que estaba a su lado. Era una señora muy mayor, con el pelo grisáceo y los ojos claros. Llevaba puestas tantas joyas que a Ana le sorprendía que pudiera cargar con todas—. Le tenemos mucho cariño y necesitamos encontrarla.

—La adopté con mi marido —dijo la abuela—. Lleva conmigo tantos años que ya no recuerdo cuándo fue eso.

—Nosotras podemos ayudarte —se ofreció Rosie enseguida—. ¿Qué pinta tiene una... *modorra*?

—Cotorra —la corrigió la chica—. Es verde y hace un ruido muy característico, es muy chillona. También sabe hablar, así que deberíamos poder escucharla si estamos cerca.

—¡¿Sabe hablar?!—exclamó Rosie con los ojos abiertos como platos.

La abuela sacudió la cabeza quitándole importancia.

—Bueno, es muy común —explicó—. Solo hay que tener paciencia y enseñarle cosas sencillas. Dorothy sabe decir: «Cielos» y «Yo no fui». Mi marido se lo enseñó. Le pareció divertido.

—¡Vaya, qué increíble! —susurró Rosie sin terminar de creérselo.

Ana se quedó unos segundos pensativa. «¿Dónde iría yo si fuese una cotorra? Bueno, me pasaría el día volando, está claro».

—¿Dónde suele estar la cotorra normalmente? —preguntó Ana para aclararse un poco.

—En la salita de la abuela —dijo la chica—. De hecho, suele estar suelta por la habitación y tiene una pequeña casa de madera junto a la tele.

Rosie ahogó un grito.

—¿Tienen suelta esa cosa por la casa?

—Sí, no hace nada. Estamos acostumbradas —respondió la chica tranquilamente.

—Bueno, si no está acostumbrada a estar en el exterior... —dijo Ana pensativa—. ¿Es posible que siga en tu casa?

—Pero ¡se habría dado cuenta! —intervino Rosie—. ¿Dónde iba a esconderse una *cuterra* de esas en una casa normal?

La chica miró a su abuela con gesto preocupado.

—Bueno, verás... Nuestra casa es un poco grande.

La abuela señaló la esquina contraria donde se encontraban y a las chicas por poco se les cae la mandíbula al suelo. Eso no era una casa normal y corriente. ¡Era una casota! La enorme casona blanca estaba colocada en medio de un jardín amplio y verde y con tantos árboles que parecía un bosque. La mansión, de dos pisos e innumerables ventanas y balcones, era el edificio más grande que Ana conocía.

—Pero... —titubeó Rosie—. ¿Acaso eres la hija de un rey o algo así?

—No —rio—. Me llamo Violet Stanford ¡y les juro que soy una chica normal y corriente!

Ana y Rosie la miraron sin terminar de creérselo del todo. Rosie estaba a punto de hacer otra pregunta, pero la abuela intervino.

—Ya hemos revisado todos los rincones de la casa, pero no está —la abuela miró con tristeza al suelo—. Espero que no se pierda. ¿Cómo va a hartarse de mango por ahí suelta?

—¿Mango? ¿La fruta? —preguntó Rosie desorientada. Ana asintió—. ¿Esos bichos comen fruta?

Todos la miraron sin comprender. De repente, Rosie abrió mucho los ojos.

—¿Tiene una foto de su *cotoma*, señora Stanford? —preguntó entusiasmada.

—¡Pues claro! Pensábamos hacer carteles y colocarlos por todo el barrio —comentó la anciana sacándose una fotografía del bolsillo de su chaqueta de terciopelo—. Es la cotorra más bonita del mundo ¡y no es porque yo lo diga!

Les acercó la foto a Ana y a Rosie.

—Tiene un plumaje verde precioso —dijo la abuela con orgullo.

—¡Es un pájaro! —gritó Rosie de repente.

—Claro que es un pájaro —le dijo Ana sin entender—. ¿Qué creías que estábamos buscando?

—¡No tenía ni la más remota idea! —exclamó—. Pensaba que sería como una serpiente o algo así, como dijiste que era verde...

—¿Una culebra? —dijo Violet confundida.

—¡Exacto! —asintió Rosie cada vez más emocionada—. ¡Te dije que había una *chismosa* en el parque! —dijo dirigiéndose a Ana.

—¿Cómo que una chismosa? —preguntó la abuela sin entender nada.

Ana miró la foto de la cotorra, miró a Rosie y volvió a mirar la foto. Entonces, se acordó de ese momento en el parque en el que Rosie señalaba la copa de los árboles.

—¿Creías que «cotorra» era lo mismo que «chismosa»? —preguntó Ana, y Rosie asintió entusiasmada—. ¿La cotorra está en el cerezo del parque? —Rosie volvió a asentir.

La abuela miró a Violet apremiándola.

—Ya sabes lo que tienes que hacer para atraerla —le dijo.

Violet asintió diligentemente y tomó el trozo de mango que le ofrecía la abuela.

—Está obsesionada con el mango. Si lo ve, vendrá volando hacia mí, seguro.

Las chicas salieron volando en dirección al parque con los cuatro perros corriendo detrás. La abuela las siguió a una velocidad de tortuga, pero sin perderlas de vista.

Cuando llegaron al parque, estaba oscureciendo y guiaron a Violet hasta el cerezo. Rosie le señaló donde estaba la cotorra, que cantaba de forma estridente. Ana se fijó bien esta vez. «¿Cómo no la vi antes?». Allí estaba, posada sobre una rama y picoteando las flores del cerezo.

Violet la llamó varias veces, pero la cotorra no pareció enterarse. Agitó el mango en el aire, pero no le hizo caso.

—¿Y ahora cómo la bajamos? —preguntó Ana—. Tenemos que conseguir captar su atención.

—Espera, tengo una idea —dijo Rosie con mucho misterio—. Hamlet es un vago, pero si salta sobre el árbol seguro que llama la atención de la *chismosa*.

—¿Y cómo podemos conseguir que salte? —preguntó Violet mirando de reojo a Hamlet, que estaba tirado en el suelo jugando con Lolita encima.

Una escena curiosa, ya que Lolita era más pequeña que la cabeza de Hamlet.

—Ese es el problema —respondió Rosie sonriendo tímidamente y haciéndose un chongo en lo alto de la cabeza, como si se estuviera preparando para alguna tarea importante—. Hay que conseguir que se anime.

—¿Que se anime cómo? —preguntó Violet con los nervios a flor de piel. Rosie la miró divertida.

—**Bailando.**

Rosie se separó de ellas y se acercó a Hamlet. Le dio un toquecito en el hocico y empezó a moverse a su alrededor. Hamlet dejó de jugar con Lolita y se quedó mirándola mientras movía la cola cada vez más rápido. Rosie bailaba, saltaba, daba vueltas sobre sí misma. Su perro, que hasta entonces estuvo acostado, de pronto empezó a animarse. Pero no solo Hamlet, Jack y Lolita también comenzaron a entusiasmarse. Ana los miró con la boca abierta.

—Lo descubrí cuando era un cachorro —explicó Rosie antes de que Ana tuviera tiempo de preguntar y sin parar de moverse—. Los perros reaccionan a tu estado de ánimo. Si estás triste, se entristecen contigo; si estás contenta, ¡son los primeros en seguirte el rollo!

—¡Hasta Lily se suma a la fiesta! —exclamó Violet, señalando a su perrita.

En un instante, ella también empezó a imitar a Rosie y Hamlet, con lo que empezó a saltar de la emoción con su pequeña colita redonda y rubia agitándose sin parar. Ana miró a su alrededor con vergüenza, por si alguien

las estaba mirando; pero lo cierto es que a esas horas no había mucha gente, así que se unió al grupo.

Solo tenían que conseguir que Hamlet saltara sobre las raíces del cerezo que, como era un árbol delgado, acabaría moviéndose bajo el peso del gran danés. Ana dejó que Rosie y Violet se encargaran de animar a los perros y ella se dedicó a dar vueltas a su alrededor para guiarlos hacia el árbol.

Un paso más... Una vuelta más...

En uno de sus saltos, Hamlet aterrizó sobre el cerezo con todo su cuerpo, haciendo que las ramas de este temblaran con fuerza. Violet aprovechó ese segundo para llamar a la cotorra y elevó el mango para que lo viera.

Y... Sí. La cotorra salió volando al temblar la rama donde estaba y se posó sobre el hombro de Violet, desde donde pudo picotear el mango.

—¡Lo logramos! —gritaron las chicas al unísono en medio de la algarabía de perros entusiasmados que seguían saltando a su alrededor.

Poco después volvieron a atar a los perros, lo cual no fue nada fácil.

—Muchas gracias, chicas —dijo Violet agradecida—. Mi abuela las querrá toda la vida.

—Tu abuela sí, pero ¡mi madre me va a matar si no estoy en casa dentro de cinco minutos!

—¡Yo no fui! —exclamó la cotorra.

Capítulo 3

El maquillaje no se come

Ana estaba en el jardín jugando a la pelota con Jack cuando oyó un traqueteo en la calle. Levantó la cabeza y vio a la señora Robinson acercándose con sus muletas. Aunque, la verdad, más que acercarse, parecía pelearse

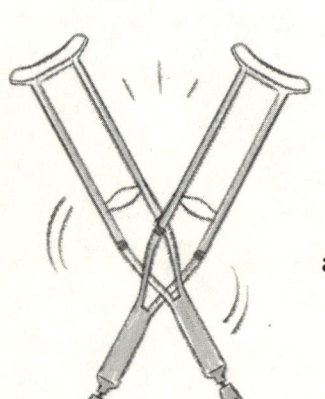

con ellas, porque no era capaz de coordinar sus movimientos, y más que caminar iba saltando con una sola pierna. Su larga trenza se movía de aquí para allá al ritmo de sus movimientos.

—¡Hola, señora Robinson! —la saludó Ana alegremente—. ¿Necesita que le eche una mano?

—¡Oh, no, no, no hace falta! —respondió dejándose caer junto a Ana en el suelo—. ¿Cómo va tu nuevo trabajo como paseadora de perros?

—Ah, muy bien, muy bien —dijo Ana rápidamente.

Lo cierto es que **había momentos en que se agobiaba mucho** y que sentía que no estaba haciendo bien su trabajo. Jack y Lolita tenían personalidades muy diferentes y, aunque se llevaban bien, no había conseguido que pasearan a la par. Prácticamente iba corriendo hasta el parque para poder soltarlos lo antes posible. Sin embargo, estaba segura de que acabaría consiguiéndolo y que solo era cuestión de tiempo que los perros se acostumbraran a pasear juntos.

—¡Me alegro! —exclamó la señora Robinson—. No estaba segura de si te las arreglarías, pero si es así, quería proponerte una cosa —la señora Robinson sonrió triunfante—. Te quiero presentar a unos vecinos del pueblo —dijo finalmente—. ¿Conoces a los señores Collins?

—Creo que no —titubeó Ana.

—Bueno, es normal. Llevas aquí poco tiempo y ellos viajan mucho —respondió la señora Robinson—. En fin, viven en esta calle y tienen una mestiza de mastín preciosa. ¿Te gustaría conocerlos? Creo que Jack se llevaría muy bien con ella.

—¡De acuerdo! —dijo Ana poniéndose en pie y llamando a Jack para que la acompañara. Jack levantó su hocico canela y la siguió inmediatamente.

Por el camino, la señora Robinson iba muy animada y no paraba de parlotear.

—Esto es lo que pasa cuando te haces mayor, ¿sabes? Un día estás tan campante y al día siguiente unas galletas te provocan un esguince —explicaba mientras se balanceaba de aquí para allá con las muletas—. Tú aprovecha y corretea por ahí —le dijo a la vez que le daba un toquecito con la muleta y perdía ligeramente el equilibrio—. Este pueblo es genial para vivir mil y una aventuras. Dime, ¿has hecho alguna amiga?

—Sí, alguna —respondió Ana tímidamente—. Hay una chica en mi clase que se llama Rosie y que va conmigo al parque por las tardes. Y el otro día conocimos a otra chica, que ¡tiene una mansión enorme!

—¿Una de las Stanford? —preguntó la señora Robinson curiosa.

—¡Sí! Se llama Violet. ¿La conoce?

—La verdad es que no sabía que tuvieran una hija tan pequeña —la señora Robinson se detuvo un segundo y se rascó la barbilla pensativa—. Las tres mayores estuvieron en mi grupo de Girl Scouts, pero nunca les gustó mucho el campo. Hay personas que son más de ciudad.

Al fin, llegaron a una casa que estaba casi al final de la calle. Era una casa moderna, con ventanas amplias y cuadradas. Ana ya se había fijado alguna vez en ella, pero nunca veía a nadie. Ni tampoco a ningún perro.

—Vamos —le instó la señora Robinson.

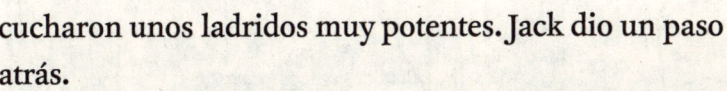

El timbre de la casa tenía una melodía muy alegre, que sonaba por todo el jardín. Jack puso las orejas en posición de alerta en cuanto lo oyó y se acercó un poco más a la puerta con curiosidad. Desde el interior de la casa se escucharon unos ladridos muy potentes. Jack dio un paso atrás.

—¿Qué perro ha dicho que tenían, señora Robinson?

Antes de que pudiera contestar, la puerta de la casa se abrió y un perro tres veces más grande que Jack salió disparado hacia Ana. La chica intentó contenerlo, pero acabó en el suelo, con el perro encima lamiéndole la cara.

—¡Dana! ¡Dana, no! ¡Ven aquí, ven aquí!

Ana no sabía ni quién estaba hablando, ya que el perro ocupaba casi todo su campo de visión y, además, no paraba de moverse. De repente, se calmó un poco y se tumbó encima de ella, aplastándola con todo su peso. A Ana le costaba respirar, pero por fin pudo ver quiénes eran los dueños de Dana. Los señores Collins y la señora Robinson la miraban desde arriba, a medio camino entre la risa y la preocupación.

—Hola, señores Collins —dijo acariciando la cabeza de Dana, que se negaba a moverse de encima de Ana. Era una perra enorme, quizá no tan alta como Hamlet, pero mucho más ancha y con las patas muy fuertes. Tenía el pelo negro y blanco y unos ojos marrones muy expresivos.

—Lo sentimos mucho —se disculpó uno de los señores Collins—. No lo parece, pero aún es un cachorro y se emociona mucho con la gente nueva. Soy Mike.

Mike extendió una mano para saludarla, pero como Dana seguía encima de Ana, esta solo pudo corresponder con una sonrisa.

—Yo soy Luke —dijo el otro señor Collins—. Y creo que es hora de quitarle este peso muerto de encima. No queremos quedarnos sin paseadora tan pronto.

—¿Paseadora? —preguntó Ana confundida.

Los señores Collins levantaron a Dana como pudieron y Ana por fin pudo volver a respirar. ¡Qué alivio!

—Martha, ¿no le has contado lo de ser paseadora? —dijo Mike.

—¡Ay, perdona, hija! —exclamó la señora Robinson llevándose la mano a la cabeza—. Fui a tu casa precisamente por eso, pero me quedé hable y hable y... ¿No te lo dije?

—No, solo me dijo que conoceríamos a unos nuevos vecinos —respondió Ana, imaginándose cómo sería pasear a Jack, Lolita y Dana, la perra elefanta.

—Verás, Mike y yo trabajamos mucho y a veces no nos da tiempo de llevarla al parque —explicó Luke—. Es una perra grande, necesita movimiento, así que cuando Martha nos contó lo buena paseadora que eras, ¡no lo dudamos ni un segundo!

Ana se preocupó un poco, pero al fin y al cabo, ¡los perros eran su pasión! «Bueno, siempre puedo montar a Lolita encima de Dana y que la lleve como si fuera un caballo», pensó.

—Entonces ¿qué me dices? —le preguntó Mike con entusiasmo—. ¿Te animas?

—Eh... ¡Sí, claro! —acabó diciendo Ana.

—¡Genial! ¿Vienes por ella cuando vayas al parque con los demás?

Ana asintió. Dana pareció haber entendido de qué iba el tema, porque se acercó a ella y la miró con sus enormes ojos marrones. **«¿Quién puede decirle que no a una perrita tan linda como esta?»**, se preguntó Ana. Mientras tanto, Jack seguía a tres metros de ellos, sin atreverse a acercarse. «Esto va a ser divertido».

A las siete de la tarde, como cada día, Ana salió de su casa con Jack. El perro estaba como loco por ir al parque. Al salir del jardín, pasaron por casa de la señora Robinson,

donde recogió a Lolita. Como siempre, Jack jalaba su correa para ir más rápido, mientras que Lolita se paraba cada dos metros, queriendo oler todas las flores del camino. Estaba claro que esa caniche fue botánica en su otra vida.

Al llegar a casa de los señores Collins, Ana dejó a Jack y a Lolita amarrados en el poste del buzón. Así podría familiarizarse con Dana antes de emprender la aventura de ir todos juntos. Ana llamó al timbre.

—¡Hola, Ana! —le saludó un sonriente Mike ataviado con un traje sastre—. Luke y yo nos vamos a una cena de empresa, así que toma las llaves para meter a Dana a casa cuando vuelvas.

Dana salió como un torbellino por la puerta y le dio un cabezazo a Ana en un intento de saludarla. Ana se rio. La perra parecía tan torpe como ella; no podía dejar de sentirse identificada. La amarró bien y se dirigió al buzón donde dejó a los otros dos perros esperando. Sin embargo, en cuanto Jack vio que se acercaba con

Dana, empezó a jalar la correa desesperadamente, asustado.

—Jack, no jales la correa, que te vas a hacer daño —le dijo Ana intentando calmarlo, pero cuando Jack los vio acercarse, empezó a jalar con todas sus fuerzas.

—¡¡JACK, NO!!

De un jalón, Jack se sacó el collar por la cabeza y salió corriendo. Ana ahogó un grito, desató a Lolita lo más rápido que pudo y lo persiguió con Dana y Lolita a toda velocidad. Bueno, a toda la velocidad que podía y que le permitían las perras. Dana, a pesar de ser enorme, no era capaz de correr muy rápido; Lolita, como siempre, hubiera preferido tumbarse en el jardín del vecino de enfrente.

Afortunadamente, Jack se dirigió hacia el único lugar que conocía: el parque. Pero, cuando Ana llegó, no lo vio por ninguna parte y empezó a angustiarse.

—¡Ana!

Ana se giró y vio a Violet sentada en el pasto junto a Lily y Jack, que la reconoció por haberla visto la semana anterior. Ana intentó acercarse, pero en cuanto Jack vio a Dana, empezó a retroceder asustado con la intención de alejarse.

—¿De quién es ese perro tan grande? —preguntó Violet.

—Es de unos vecinos —explicó Ana—. Me han pedido que la pasee. Se llama Dana y es muy buena, pero parece que a Jack le da miedo.

—Suéltalas y ven aquí conmigo. Cuando Jack vea que no hace nada, dejará de tenerle miedo, ya verás.

Ana hizo lo que Violet le decía. En cuanto soltó a Dana, esta se tumbó en el suelo y Lolita se puso sobre ella a jalarle las orejas, una de sus mejores tácticas para hacer amigos. Dana ni se inmutó. La carrera hasta el parque la dejó exhausta.

Ana se sentó junto a Violet y acarició a Jack para que se calmara. Y, tal y como dijo Violet, en cuanto vio que Dana estaba tumbada tranquilamente, se acercó a ella para olerla. Dana no se movió y dejó que Jack la conociera poco a poco, como si supiera que estaba asustado. A los cinco minutos, los dos se revolcaban alegre-

mente por la tierra y Lolita corría a refugiarse a la sombra del árbol más cercano.

—¿No te lo dije? Al de mi hermana le pasaba lo mismo con Lily ¡y eso que ella es diminuta! —añadió riéndose—. Solo tienen que acostumbrarse los unos a los otros.

—¡Hola, chicas!

Rosie había llegado y las saludaba desde el otro lado de la valla del parque. Venía con su inseparable y enorme Hamlet, que andaba a paso lento junto a ella. Dana, en cuanto lo vio, se acercó a él para conocerlo. Se cayeron tan bien que se pusieron a retozar en la tierra. Cada vez que caían, se escuchaba cómo retumbaba el suelo. Era como ver dos bebés elefantes pelearse. Jack, intimidado por los titanes, se dedicó en cuerpo y alma a su mayor pasión: hacer hoyos.

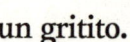

Como nadie le estaba haciendo mucho caso, Lolita se puso a rebuscar en el bolso de Violet. Cuando Ana le llamó la atención, levantó la cabeza. Violet dio un gritito.

—¡Mi labial!

Lolita tenía la boca y los pelos de alrededor de color rosa fucsia, como si fuera un payaso. A ella no pareció importarle mucho, porque se acercó a Ana sin entender muy bien por qué estaban todas tan nerviosas.

—¡Ay, cielos! ¿Creen que se lo haya comido?

Violet le enseñó el labial mordisqueado.

—Yo diría que sí.

—¿Eso se come? ¿Es *nenenoso*? —dijo Rosie bastante angustiada.

—No sé si es venenoso o no, pero creo que deberíamos llevarla a un veterinario. ¿Conocen alguno? —preguntó Ana.

—¡Claro! Al otro lado del parque está el veterinario al que va Lily. Voy con ustedes.

Ana se ató a Jack y a Dana a los pantalones y tomó a Lolita en brazos. Rosie y Violet ataron a sus perros y, como si se leyeran la mente, las tres empezaron a correr a la vez en dirección al veterinario.

—¿Es que nunca han ido al veterinario? —preguntó Violet mientras corrían.

—Yo me mudé hace unas semanas —dijo Ana.

—A mi perro lo lleva siempre mi padre —contestó Rosie entre jadeos.

Cuando llegaron al veterinario, las tres se pararon a recuperar el aire y descansar un poco. Lolita parecía que estaba bien y miraba a Ana con curiosidad y con la boca llena de labial, contenta de haber ido en brazos en vez de corriendo. Ana no paraba de pensar qué le iba a decir a la señora Robinson si le pasaba algo, así que abrió de golpe la puerta del veterinario.

En el mostrador estaba una chica con pelo corto que jugaba con una videoconsola. Levantó la cabeza al oír la puerta y se sorprendió al ver tantos perros juntos.

—¿En qué puedo ayudarles?

—Mi perra Lolita se ha comido el labial de Violet, que dejó el bolso en el suelo, y no nos dimos cuenta de lo que estaba haciendo hasta que... Bueno, no es mi perra, es la de mi vecina. Se hizo un esguince el otro día y ahora soy yo la que...

Rosie le dio un toque en el brazo. Ana se calló de repente. «Basta, demasiada información».

—No te preocupes. Tenemos perritos que se comen cosas que no deben todos los días. Espera. Voy a buscar a mi padre.

La chica se metió en la consulta y desapareció unos segundos. Cuando volvió, iba con un hombre muy alto y sin un pelo en la cabeza.

—Me dice mi hija que tenemos una perrita muy coqueta por aquí, ¿no es así? —preguntó el hombre.

—Se llama Lolita —dijo Ana, y puso a la perrita en los brazos del veterinario—. ¿Es muy grave? —preguntó preocupada.

El veterinario tomó a Lolita en brazos.

—Voy a examinarla, pero no creo que le haya dado tiempo de comerse mucha cantidad, así que no le pasará nada —Ana suspiró aliviada—. Quédense aquí mientras le echo un vistazo.

Las chicas se sentaron en la sala de espera junto al mostrador y la hija del veterinario se acercó a ellas.

—**Vaya pandilla de perros** han juntado. Son muy bonitos.

—En realidad nos hemos conocido hace poco, pero estábamos juntas en el parque con los perros —le respondió Ana.

—Yo también tengo una perra. ¿Quieren conocerla? Todas asintieron. La chica silbó.

En menos de un segundo, un pastor alemán apareció corriendo por el pasillo. Cuando llegó adonde estaba la chica, esta volvió a silbar y la perra se sentó dócilmente.

—Vaya, la tienes muy bien educada —dijo Ana sorprendida.

Jack le solía hacer caso, pero lo de silbar era otro nivel.

—¡Sí, claro! Hago *agility* con ella —aclaró la chica.

—¿*Agi...* qué? —preguntó Rosie confusa.

—Son trucos y movimientos que le enseño. Así podemos hacer recorridos y presentarnos a concursos. Mira —la chica silbó y la perra volvió a levantarse; silbó de nuevo y la perra pegó un salto hasta su mano; volvió a silbar y la perra se hizo la muerta en el suelo. Las tres se quedaron con la boca abierta—. ¡El año pasado ganamos el concurso del pueblo!

—**¡Guau! ¡Qué impresionante!** ¿Y cómo se llama esta perrita tan inteligente? —preguntó Rosie.

—Se llama Rose.

—Pues yo me llamo Rosie —repuso enfadada.

—¡Qué coincidencia! —dijo la chica riéndose—. Es un nombre muy bonito, para chica o para perrita, ¿no? —Rosie no estaba muy convencida de eso, pero no quiso añadir nada más—. Yo me llamo Ruby. ¿Quieren ver más trucos?

Todas asintieron sin dudarlo. Pero antes de que Ruby las volviera a dejar boquiabiertas, su padre salió de la consulta y les devolvió a Lolita.

—Tu perrita está perfectamente. Le lavé la boca y encontré el trocito de labial entre los dientes, así que ni siquiera se lo había comido.

—Menos mal —Ana abrazó con fuerza a Lolita.

—Intenta que no vuelva a pasar —sugirió el veterinario sonriendo—. Por muchas ganas que tenga Lolita de maquillarse, no puede.

Las chicas rieron.

—La verdad es que tenía una pinta muy rara con la boca rosa —dijo Violet—. ¡Espero que a mí no me quede igual!

—No sé yo... —empezó a decir Rosie con sorna.

Violet le dio un codazo amistoso.

—¿Adónde van ahora? —preguntó Ruby mientras acariciaba a Hamlet.

—Podríamos volver al parque —sugirió Violet—. Todavía es temprano.

—¿Puedo acompañarlas? —preguntó Ruby.

—¡Claro! —exclamó Rosie—. ¡Así nos enseñas más *agiloti*!

—Se dice *agility* —la corrigió Ana con paciencia. Rosie le hizo un gesto de «qué más da»—. ¡Pues en marcha!

Las cuatro chicas salieron del veterinario con sus respectivos perros. Cuando Ruby vio que Ana llevaba dos más además de Lolita, le preguntó si eran suyos.

—Solo Jack. Lolita y Dana son de mis vecinos, pero yo soy la encargada de pasearlos por las tardes.

—Vaya, qué genial —opinó Ruby—. Eres una paseadora de perros profesional.

—Bueno, todas somos paseadoras de perros, en realidad —dijo Ana ruborizándose ante el cumplido.

—**Somos el club de las paseadoras de perros** —afirmó Violet.

Las chicas se miraron sonriendo. «El club de las paseadoras de perros... —pensó Ana—. Debe de ser el mejor club del mundo».

Capítulo 4

Noche estrellada en el parque

—Vamos a ver, Jack, tú tienes que cruzar por la derecha. Y tú, Lolita, salta un poco para que te quite el nudo de la correa. ¡Dana, no jales!

Las siete de la tarde. Hora del paseo perruno. Había salido hace cinco minutos. Aún no llegaba ni a la esquina y ya

era un lío. Jack se le metió entre las piernas, dejándole el tobillo derecho inmovilizado con la correa. Lolita se enredó con su propia correa e intentaba llegar sin éxito hasta donde estaba Dana, que, a su vez, estaba deseando meterse en el césped del vecino. Pero ¡qué relajo!

—Hola. ¿Necesitas ayuda? —preguntó una voz a sus espaldas.

Ana se volvió agradecida, pero casi se muere de la vergüenza cuando vio quién era. Era el chico del parque, el que le ofreció asiento en el comedor el primer día de clase o, como se le conocía ya en la escuela: **el chico de los espaguetis con tomate.** Ana quería decir muchas cosas, pero no le salió ninguna, así que volvió a hablar.

—Te voy a sujetar a estas dos y tú desenredas a Jack, ¿de acuerdo?

Ana asintió y empezó a notar que se ponía colorada. «¿Es que no voy a poder hablar con él nunca sin parecer un tomate?», se dijo para sus adentros mientras desataba a Jack.

—¿Ves? Cuatro manos mejor que dos —comentó el chico devolviéndole las correas de Dana y de Lolita.

—Muchas gracias, de verdad —le dijo Ana—. En el parque se portan genial, pero el paseo aún no lo tenemos dominado...

El chico sonrió y dejó suelto a Jones para que jugara con Jack.

—Oye... —empezó a decir Ana—. Siento mucho lo que pasó en el comedor. ¡No era mi intención! Soy torpe por naturaleza —agachó la cabeza—. Te agradezco mucho que me invitaras a sentarme contigo y tus amigos.

—No te preocupes, siempre quise ser famoso en la escuela ¡y ahora lo soy! —Ana lo miró con gesto preocupado, así que el chico hizo como si no pasara nada—. ¿Vas a ir esta noche a la lluvia de estrellas?

—¿Lluvia de estrellas? ¿Qué es eso? —preguntó Ana intrigada.

—Resulta que esta noche va a haber una lluvia de estrellas espectacular. ¡La primera en cincuenta años! —explicó el chico entusiasmado—. El ayuntamiento va a dejar que se haga acampada libre en el parque para que los vecinos la puedan ver.

—¡Vaya, qué genial! No tenía ni idea, pero me encantaría ir. ¿Qué hay que hacer?

—Nada —dijo el chico encogiéndose de hombros—. Montar una tienda de campaña en el lugar que más te guste del parque y esperar a que aparezcan las estrellas fugaces.

—¡Genial! —exclamó Ana—. ¿Tú vas a ir? —añadió tímidamente.

—¡Claro! —dijo él mientras ataba de nuevo a Jones—. Bueno, me tengo que ir a la biblioteca. ¡Nos vemos esta noche!

Y se fue corriendo de nuevo. Esta vez, sin embargo, cuando llegó a la esquina se volteó y añadió:

—¡Que no se te olvide pedir un deseo cuando veas alguna estrella!

Y se alejó junto a Jones. Ana se quedó mirándolo hasta que lo perdió de vista y se alegró de que no estuviera enfadado con ella. Por algún motivo, le gustaba su compañía **¡y no solo porque fuera guapo!**

Un bostezo de Dana la sacó de su ensimismamiento y se puso en marcha hacia el parque, donde la esperaban Rosie, Violet y Ruby junto a Hamlet, Lily y Rose. Para evitar más líos con las correas, Ana hizo lo que quedaba de camino corriendo y casi se tropieza al llegar donde estaban las chicas.

—¿Estás segura de que no necesitas ayuda para pasearlos a todos? —le preguntó Ruby preocupada, mientras la ayudaba a desatar a los perros para que pudieran jugar.

—No, no, si ya los manejo mejor—dijo Ana restándole importancia. Quería seguir paseando a los perros y sabía que no la dejarían ser paseadora si no se le daba bien, así que cambió de tema drásticamente—. ¿A que no adivinan qué me contaron?

—¿Qué? —preguntó Violet con sus ojos azules muy abiertos—. ¿Es un chisme de su escuela?

Violet iba a una escuela privada de una ciudad cercana y apenas conocía a los niños del pueblo. Sin embargo, eso no parecía importarle a la hora de escuchar todos los secretos y chismes de sus vecinos. «El saber es poder», solía decir.

—Me han contado que esta noche habrá una lluvia de estrellas fugaces y que el ayuntamiento va a dejar que se acampe en el parque para que todo el mundo pueda verlas —explicó Ana.

—¡Qué increíble! —exclamó Ruby cruzando las manos por detrás de sus rizos—. Las estrellas son fascinantes. ¿Sabían que, después de que mueran, podemos seguir viendo su luz miles de años más?

—¿Me estás diciendo que en el cielo hay estrellas muertas? —dijo Rosie horrorizada.

Ruby asintió.

—Pero, chicas —interrumpió Ana—, lo más importante es: ¿quieren que pasemos la noche en el parque? Seguro que podemos venir con los perros. ¡Y pasaremos la noche contando historias y viendo las estrellas!

—Vaya, no sabía que eras una romántica, Ana —comentó Violet con ironía—. Por cierto, ¿quién te lo ha contado?

Ana se puso colorada antes de ser capaz de decir nada.

—¡Es ese chico otra vez! —exclamó Rosie señalándola con un dedo acusador.

—¿Qué chico? —preguntó Violet con curiosidad.

—¡El espaguetis con tomate! —respondió Rosie sonriendo.

—¡No lo llames así! —dijo Ana, que no sabía si reír o llorar.

—Yo voy a la noche de lluvia de estrellas si, a partir de ahora, llamamos al chico misterioso «el Espagueti» —dijo Ruby con sorna.

Hasta Ana se tuvo que reír; sobre todo ahora que sabía que el chico no le guardaba rencor y que seguía siendo amable con ella.

—De acuerdo, pues ya tenemos plan —dijo Ana cuando dejaron de reírse—. ¿Alguna tiene tienda de campaña?

—¡Yo! —soltó Ruby levantando la mano como si estuvieran en clase—.

¿Qué les parece si quedamos en mi casa después de cenar y salimos juntas desde allí?

—¡Hecho!

Cuando Ana volvió a su casa, se dio cuenta de que no sabía qué llevarse. «¿Qué llevaba una en la mochila cuando se iba a acampar una noche?». Se quedó mirando lo único que había sacado: la pijama de ositos.

—Toc, toc, ¿se puede? —preguntó su madre, que entró sin esperar respuesta—. ¿Qué estás haciendo?

—No sé muy bien qué llevarme a la acampada de esta noche —dijo Ana—. Nunca hemos ido a acampar, ¿o sí?

—La verdad es que no —respondió su madre—. En la ciudad no teníamos muchas oportunidades de estar al aire libre, pero aquí en Downville hay muchos lugares para acampar en las montañas. ¡Deberíamos hacerlo más a menudo! ¿Quieres que te ayude?

—No, si tampoco hace falta, con llevar tres cosas más...

—Ana —la interrumpió su madre—, deja que te ayude y lo tendrás todo listo en un santiamén.

Ana suspiró y dejó que su madre obrara su magia. Porque tenía razón, claro. En un segundo, su madre puso sobre la cama una muda de ropa limpia, las cosas de aseo, la chamarra por si refrescaba de noche y a Susie, el peluche preferido de Ana.

—Mamá, el peluche no —dijo Ana.

—Pero ¡si siempre duermes con él!

—Ya, pero fuera de casa no —murmuró Ana—. ¿Dónde está papá?

—¡Aquí mismo!

Y ahí estaba su padre, en la puerta. Con ropa de camuflaje, un sombrero de vaquero, una cantimplora al hombro, una cangurera del año del caldo abrochada en la cintura y una mochila del tamaño de Dana en el suelo.

—Cielos, Andrés, ¿qué estás haciendo? —dijo su madre con los ojos abiertos como platos.

—¡Nos vamos a acampar, María! —exclamó ante una Ana que no acertaba a decir nada. Su madre la miró de reojo sin entender nada—. No hemos ido nunca a acampar y las noches de lluvia de estrellas ocurren cada muchos años. ¡Quién sabe si volveremos a tener otra oportunidad como esta!

—Pero, papá, si no tienes ni tienda... —empezó a protestar Ana.

—¡Solucionado! —atajó su padre—. La señora Robinson tiene varias de su época de monitora y nos ha dejado dos. Pensé que nosotros podemos tener una y los perritos pueden estar en la otra. No vaya a ser que les entre frío, ya sabes.

Su madre lo miró con ternura.

—Solo voy a decir una cosa —su padre la miró expectante en el segundo que duró la pausa—. ¿Es necesario que vayas vestido de Indiana Jones?

—Pero ¡si me veo genial! —respondió su padre fingiendo que se ofendía y mirándose al espejo—. Además, hay que estar preparados. Nunca se sabe lo que puede pasar en la naturaleza.

—Andrés, vamos al parque del pueblo, no al desierto del Sahara —su padre se encogió de hombros—. ¿Te importa que vayamos contigo, cariño? —preguntó su madre agarrándose del brazo de su padre.

—¡Pues claro que no!

Ana terminó de guardar todas las cosas en la mochila y se dirigió al piso de abajo. Sus padres estaban en la sala, rodeados de todos los cachivaches que pensaban llevarse al parque. Estaba claro que su padre le había contagiado el entusiasmo a su madre, porque ahora parecía que los dos se iban de safari. Se despidió de ellos, pero estaban tan ocupados que apenas se dieron cuenta. Ana ató a Jack y fue a casa de Ruby.

Sus amigas ya estaban esperándola. Ruby sacó una bolsa enorme donde guardaba la tienda de campaña y llevaba colgado del hombro una especie de *sleeping bag*. Rosie arrastraba su mochila de la escuela, con sus rueditas y sus personajes de cómic. Y luego estaba Violet. Si no fuera porque físicamente no se parecían, Ana hubiera creído que era hija de su padre. Cargaba con tres bultos diferentes: una mochila de tamaño mediano colgada al hombro, un bolsito en la mano y una maleta que dejó en el suelo.

—En la maleta llevo la ropa necesaria, zapatos por si me mancho, esas cosas. En el bolsito llevo las cosas de aseo. Y en esta mochila —explicó señalando la que llevaba en la espalda— llevo las provisiones.

—Esa es la que nos interesa —dijo Ruby sonriendo de oreja a oreja. A todas les gustaba la comida, pero Ruby la devoraba—. ¡En marcha!

Cuando llegaron al parque, aquello parecía una batalla campal... *low cost*. Gente en pantuflas y bata intentando encender fogatas. Vecinas con el pelo lleno de rulos peleándose por cómo armar la tienda de campaña. Mascotas de todos los tipos y condiciones correteando sin control. Y, en medio del tumulto, los padres de Ana, vestidos como exploradores, mirando orgullosos sus dos tiendas ya armadas.

—No es por presumir —dijo la madre de Ana cuando las vio llegar—, pero no hay tienda mejor hecha que la nuestra.

Con ayuda de sus padres, las chicas instalaron la última tienda de campaña, la de Ruby. Sorprendentemente, era aún más grande que las otras dos, así que decidieron que los perros dormirían en esa. Y ahora que estaba todo listo, solo les quedaba disfrutar de las estrellas.

Se sentaron alrededor de la fogata, y el padre de Ana empezó a contar historias de cuando era joven. Todos

estaban tan absortos disfrutando del aire libre, que casi les da un infarto cuando escucharon a una señora gritar:

—¡ESTRELLA FUGAZ!

De repente, todo el mundo se acordó de por qué estaba en el parque en mitad de la noche. Entre todos apagaron la fogata y se estiraron en el suelo a observar. ¡El chico misterioso tenía razón! Las estrellas fugaces no se cansaban de surcar el cielo. Cada vez que pasaba una, se escuchaba un «Oooooh» en boca de todo el pueblo. Ana aprovechó que eran tantas para pedir todas las cosas que se le ocurrieron. ¡Quién sabe si se cumplirían de verdad!

Al cabo de una hora, las estrellas fugaces dejaron de cruzar el cielo como bengalas, así que la gente empezó a recoger sus triques y a guarecerse en las tiendas. Las chicas se quedaron mirando las estrellas un ratito más, pero cuando escucharon a Rosie roncando a su lado, decidieron que ya era hora de meterse en los *sleeping bags*.

Ana dormía como un tronco cuando sintió que alguien la zarandeaba.

—Chicas, chicas.

Todas murmuraron una queja y se revolvieron quejumbrosas en sus *sleeping bags*. Era Ruby la que intentaba despertarlas.

—¿Qué pasa? —susurró Rosie medio dormida.

—**Estoy oyendo un ruido raro.**

Eso fue suficiente para que todas se despertaran al instante. Se incorporaron a la vez.

—¿Cómo que un ruido raro? —dijo Violet con los ojos como platos y un mechón de pelo rubio pegado en la cara.

Ruby se llevó el dedo a los labios y le indicó en silencio que escuchara. **Hiiic, hiiic, hiiic.** Las chicas se miraron en silencio. **Hiiic, hiiic, hiiic.** Violet se llevó las manos a la boca.

—¿Qué es eso? —susurró Ana asustada.

—No lo sé —respondió Ruby—. Pero deberíamos salir a mirar, ¿no?

—Anden, vamos —las animó Rosie decidida.

Se levantó y fue a abrir la puerta de la tienda.

—¡No, espera! —exclamó Violet asustada.

En ese momento, se escuchó un ruido de pasos que se alejaban corriendo.

—¡Los asustaste! —le recriminó Ruby.

—¡Ellos me asustaron primero! —respondió Violet.

Rosie suspiró y salió de la tienda. Desde dentro, las chicas vieron cómo encendía la linterna que traía el padre de Ana.

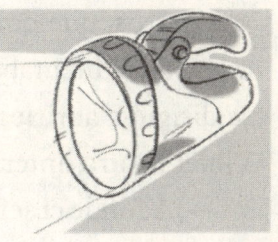

—Eh... Chicas, creo que tenemos un problema —escucharon cómo toqueteaba las cosas que estaban en el suelo—. Creo... Creo que se han llevado la mochila de Violet.

—¡¿QUÉ?!

Violet, que, desde que la despertaron, estuvo arrinconada en una esquina, se levantó de un salto y salió a la oscuridad. Ruby y Ana la siguieron.

—¿Qué se llevaron? —preguntó Ana, todavía restregándose los ojos del sueño.

—¡Mi mochila! —exclamó Violet señalando el montón de cosas esparcidas por el suelo.

—¿Cuál de ellas? —preguntó Ruby impaciente.

—¡La de la comida!

Todas ahogaron un grito. ¡Todavía quedaba un montón de provisiones dentro!

—Agarren todas las linternas —dijo Rosie decidida mientras se hacía un chongo. Era su peinado de guerra—. Encontraremos esa mochila como sea. ¡Vamos!

Antes de que pudieran moverse, escucharon cómo sus perros, que dormían en la tienda de al lado, lloriqueaban e intentaban salir. Las escucharon, claro. Ruby se dirigió a abrirles la puerta, mientras Ana le pasaba a Violet la otra linterna.

—¿Adónde creen que se habrán ido? —preguntó Ana.

—Juraría que corrieron hacia allí —dijo Rosie señalando a los árboles frente a la tienda.

Se pusieron en marcha. Hamlet y Rose abrían camino, ya que eran los únicos con collar fluorescente. Los seguían Violet, que llevaba a Lily en una mochilita. Ruby y Ana cerraban la fila junto a Jack, que estaba encantado de hacer excursiones en mitad de la noche.

Tan solo tenían dos linternas, así que tampoco es que vieran mucho. Además, rodeadas de árboles, veían más sombras que otra cosa. Y, de pronto, lo volvieron a escuchar. **Hiiic, hiiic, hiiic.** Todas se quedaron paralizadas en el acto. Incluso los perros se quedaron quietos. **Hiiic, hiiic, hiiic.**

—Pero ¿de dónde viene? —preguntó Rosie moviendo la linterna sin parar en busca de la fuente del misterioso ruido. Árbol, árbol, arbusto, piedra, charco, árbol, cara, árbol... Espera.

—¡CORRAN!

Solo Rosie la vio, pero las chicas salieron despavoridas al escuchar el grito. No sabían por qué corrían ni hacia dónde, pero Ana jamás había corrido tan rápido. Los perros empezaron a correr tras ellas, ladrando con todas sus fuerzas. Siguieron corriendo hasta que llegaron a un claro.

—¿Por qué salimos corriendo? —exclamó Ruby en cuanto pararon.

No estaba sudando ni tenía ni un rizo fuera de su sitio. Esta chica correría un maratón sin despeinarse.

—Vi... a... alguien —respondió entrecortadamente Rosie.

Los perros comenzaron a ladrar otra vez. Miraban hacia los árboles por donde vinieron. Las chicas empezaron a asustarse. Alguien se acercaba a ellas. Y corriendo. Violet tomó a Ruby de la mano, Ruby se la tomó a Ana y Ana a Rosie.

Y entonces surgió un labrador rubio de entre los árboles. Hasta los perros se quedaron mudos.

—Pero qué... —empezó a decir Violet.

Jack fue el primero en reaccionar. Se acercó al labrador y se puso a jugar con él revolcándose por el suelo. Entonces Ana lo reconoció.

—¡Es Jones! —exclamó Ana aliviada.

—Siento... haberlas... asustado.

Violet pegó un respingo cuando escuchó aquella voz.

—Lo siento, de verdad —dijo el chico misterioso apoyándose en un árbol—. Se me escapó Jones y estaba buscándolo.

—¿Sin linterna? —le preguntó Ruby, aún nerviosa.

—Pues... Sí —contestó el chico un poco avergonzado—. ¿Qué hacían ustedes?

—La mochila de Violet ha desaparecido. La estábamos buscando —explicó Ana.

—¿Y para eso iban entre los árboles de la mano? —preguntó él.

Las chicas se miraron. Todavía seguían agarradas de la mano. «Cielos, qué vergüenza», pensó Ana. Se soltaron al instante.

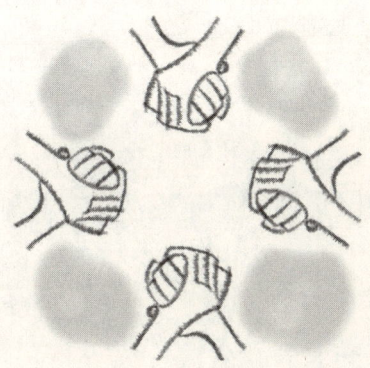

—¿Y por qué no esperaron un poco? Ya está amaneciendo.

El chico señaló al cielo. Tenía razón. El cielo empezaba a clarear y ya podían verse las caras sin necesidad de usar la linterna.

—¿Nos ayudas a buscar la mochila? —le pidió Ana.

—¡Claro! —respondió el chico.

Una vez recuperados del susto, los cinco niños y sus correspondientes perros se metieron de nuevo entre los árboles y volvieron al lugar donde escucharon el ruido extraño. **Sssh, sssh, sssh.** Todos levantaron la cabeza. Ahí estaba. Colgando de la rama de uno de los árboles. La mochila de Violet, abierta. En el suelo había esparcidos envoltorios de comida vacíos.

—¿Se puede saber quién la ha puesto ahí? —exclamó Violet enfadada.

Hiiic, hiiic, hiiic.

Los culpables tenían manos diminutas y los ojos negros como el carbón. Y los miraban desde el árbol de al lado.

—¡¿MAPACHES?! —gritó Violet.

Ruby se tapó la boca para ahogar una risita. Rosie empezó a reírse. Ana también. Hasta el chico misterioso esbozó una sonrisa. A Violet seguía sin parecerle muy divertido. Se puso bajo la mochila y pegó un salto con la mano levantada en un intento de alcanzarla. No estaba muy alto, pero le faltaban unos veinte centímetros.

—¡No se rían! ¿Cómo la bajamos de ahí? No llegamos ni saltando.

Todos se miraron pensativos.

—Nosotros, no —dijo Ruby al fin—. Pero ellos, sí.

Señaló a los perros con un gesto de la cabeza. Ana miró a los perros. Ni siquiera Hamlet, que era el más alto, podría llegar de un salto a la rama.

—¿Qué piensas hacer?

—¡Hamlet! ¡Rose! —Rosie se volvió—. Dije Rose —aclaró Ruby.

Rosie entrecerró sus ojos marrones un poco molesta. Seguía sin entender por qué tenía que compartir nombre con un perro.

Ruby indicó a Hamlet que se pusiera debajo de la rama, premiándolo con chucherías perrunas para que se moviera hasta donde ella quería. Luego miró a su perra.

—Rose, mírame —la perra la miró atentamente—. Aquí... —señaló el lomo de Hamlet—. Y aquí —señaló la mochila de Violet.

Rose se quedó quieta, como asimilando la información. Ruby se la repitió y le mostró una de sus chucherías favoritas. Rose se puso en pie y agarró vuelo.

—¡Aquí y aquí! —gritó Ruby volviéndole a señalar los dos puntos clave.

Rose salió corriendo hacia Hamlet, que parecía no enterarse de lo que pasaba, y cuando estuvo suficientemente cerca, dio un salto. Apoyó las patas traseras en el lomo de Hamlet, que se volteó para ver lo que pasaba. Así, Rose volvió a agarrar impulso y empujó la mochila de Violet con el hocico. Para sorpresa de todos, la mochila cayó al suelo.

Todos empezaron a vitorear a Rose, que movía la cola a mil por hora y buscaba desesperadamente que su dueña le diera la recompensa prometida. Violet se acercó a la mochila.

—Lo siento, chicas, pero esto es lo único que quedó.

Violet sacó el último paquete que quedaba. Una bolsa de chucherías perrunas. Los perros, al verla, se acercaron todos a ella.

—¡Por eso Rose estaba tan dispuesta a bajar la mochila del árbol! —exclamó el chico misterioso sonriendo—. Me alegro de que la hayas encontrado. ¡Tengo que irme!

Y desapareció entre los árboles con Jones siguiéndole los talones.

—Pues sí que es guapo El Espagueti —dijo Violet como quien no quiere la cosa.

—Se ha ido tan rápido que casi no me dio tiempo de despedirme —se quejó Rosie.

—**El Espagueti veloz** —sentenció Ruby jalándose uno de los caireles morenos.

Ana las miró con resignación.

—Anda, volvamos a las tiendas antes de que se despierten todos —sugirió Ana en un intento de que no sacaran el tema otra vez. Obviamente no funcionó.

—Lo que no sabemos es cómo se llama. Deberíamos preguntárselo la próxima vez antes de que se esfume como el viento. ¿Va a su escuela? De la mía seguro que no es; me habría dado cuenta. ¡Aunque ahí también hay chicos muy guapos! En mi salón...

Capítulo 5

¿Hay osos en el bosque?

—Claro, allí estaré. Dame quince minutos.

Ana colgó el teléfono.

—¿Quién era, hija? —le preguntó su padre, que estaba viendo la televisión a su lado.

—Era Violet —le explicó—. Su abuela nos invitó a todas a merendar para darnos las gracias por haber encontrado a su cotorra.

—¡Qué bien! ¿Crees que habrá muchos dulces? —preguntó su padre con entusiasmo.

—¡Eso espero! —exclamó Ana, que compartía con su padre la afición extrema por los dulces—. Me voy a llevar los perros porque ya es casi la hora del paseo, y así aprovecho.

—No vuelvas muy tarde —le pidió su padre mientras Ana le ponía la correa a Jack.

Antes de dirigirse a casa de Violet, Ana pasó por casa de la señora Robinson para recoger a Lolita y por casa de los señores Collins para recoger a Dana. Esta vez, para intentar llevarlos mejor, Ana intentó montar a Lolita encima de Dana. Pero estaba claro que la idea funcionaba mejor en su cabeza que en la realidad. A cada paso que daba la mastina, Lolita se resbalaba un poco más, hasta que acabó en el suelo unas cuantas veces, así que Ana lo dejó por imposible. Llevaba a Lolita y a Jack con la mano derecha y a Dana con la mano izquierda, y recibía jalones de ambas partes. Cuando llegó a casa de Violet, a Ana le dolían hasta las pestañas.

En la sala de la abuela Stanford estaban ya Ruby y Rosie, que iban con sus respectivos perros. También estaba Violet y su abuela, por supuesto, y Lily, que dormitaba en un cojín hecha una bolita de pelo rubio y sedoso. La famosa cotorra estaba demasiado ocupada picoteando

mango como para prestarles
atención. Pero había un in-
vitado más.

—¿De quién es este perri-
to tan lindo? —preguntó Ana
corriendo hacia él y acariciándolo. Era un galgo, con las
patas largas y delgadas y de pelo corto y grisáceo. Se
entusiasmó tanto por recibir atención que no paraba de
golpear a Ana con la cola.

—Es el perro de la señorita Tucker —respondió Violet.

—¿Tucker? —se extrañó Ana mirando a Rosie—.
¿Nuestra señorita Tucker?

—Así es —respondió Rosie—. Yo me quedé igual que tú.

—Le da clase de piano a mi nieta Ashley —explicó la
abuela Stanford—. No suele venir con Paul, pero hoy no
tenía con quien dejarlo y le dije que podía traerlo.

Ana sonrió encantada y se sentó junto a ella. La
abuela le dedicó una sonrisa y le acarició el pelo, que
como siempre, lo tenía revuelto.

—¡Ya pueden empezar! —exclamó la abuela.

Ana corrió tan rápido hacia Paul que ni siquiera se
fijó en la mesa de la sala. Parecía una merienda fantás-
tica: panqués, orejas de chocolate, donas, pastelillos de
todos los colores y tamaños. La señora Stanford se su-
peró a sí misma.

—De verdad, no nos merecemos tantas cosas —dijo Ana con la boca llena.

—¡Y yo ni siquiera estaba! —soltó Ruby, que tenía un pan en cada mano y todavía no terminaba de engullir el que tenía en la boca.

—Las amigas de Violet son siempre bienvenidas en esta casa —dijo la abuela, que se levantó y fue hacia uno de los cajones de la alacena—. ¡Y no crean que me he olvidado de ustedes! —añadió dirigiéndose a los perros.

Sacó una bolsa de chucherías perrunas y los atrajo a todos hacia la ventana. Los perros la siguieron embelesados. **«Quizá debería llevar chucherías en los paseos»**, pensó Ana, mientras veía cómo la abuela Stanford le daba a cada uno su galletita. Justo cuando estaba a punto de darle su galleta a Jack, la señorita Tucker entró en la salita.

—¡Hola, Sara, querida! —la saludó la abuela. Jack seguía la galletita con la mirada—. ¿Vienes por Paul? Aquí lo tienes —y señaló hacia adelante. Jack retrocedió un paso para seguir embobado la galleta—. ¿Qué tal la clase? —se cruzó de brazos. Jack se sentó en un intento de parecer bueno para que le diera la galleta como a los demás—. Espero que haya estudiado, me dijo que le pusiste tareas y...

La señora Stanford se detuvo. Tenía a Jack con las dos patas delanteras sobre los muslos, mirándola intensamente. No a ella, claro, sino a la galleta.

—¡Ay, pobre! —la abuela se la dio y Jack se fue corriendo al rincón a comérsela.

—No se preocupe, Kimberly, su nieta es muy buena alumna —le respondió la señorita Tucker, que observaba la escena sonriendo—. Vaya pandilla juntaron. ¿De quiénes son todos estos perros?

—La mía es Rose —dijo Ruby, que pegó un silbido y la perra se sentó junto a ella enseguida.

—El mío es el grandote, Hamlet —dijo Rosie señalando a su perro, que jugaba bocarriba con Lolita.

—Yo solo tengo a mi pequeña Lily —dijo Violet.

La perrita se incorporó al oír su nombre y movió el pompón de pelo que tenía por cola.

—Entonces... —empezó a decir la señorita Tucker mirando al resto—. ¿Tienes tres perros en casa, Ana?

—Qué va —contestó ella—. El mío es Jack, el de la galleta. Dana y Lolita son de mis vecinos, que me han contratado para que los pasee por las tardes.

—Vaya, qué interesante —comentó la profesora rascándose la cabeza—. ¿Y te va bien? Llevar tres perros no debe de ser fácil.

—¡Pues claro! —respondió Ana sin dudar. Ruby le echó una miradita de reojo—. Me encanta estar con ellos y en el parque se la pasan genial todos juntos.

—Ya veo... —dijo la señorita Tucker pensativa—. ¿Y crees que podrías con uno más?

Ana se quedó muda, imaginándose por la calle con cuatro perros. A ver, era una locura, pero ¡seguro que se las arreglaba! ¿No?

—¡Yo diría que sí!

Sus amigas abrieron la boca de par en par. Ya la habían visto llegar al parque corriendo, tropezarse mil veces con las correas y que los perros no la obedecieran demasiado. Y solo llevaba tres. ¿Cómo iba a conseguir arreglárselas con cuatro?

—Estupendo —afirmó la señorita Tucker, que no se percató de las caras de las demás—. Pues cuando vayas al parque con los perros, puedes recoger a Paul. A veces me cuesta sacar tiempo entre tantas clases y seguro que contigo se la pasa mejor.

—Luego iremos al parque todas juntas. ¿Quiere que nos lo llevemos con nosotras? —preguntó Rosie con una sonrisa de oreja a oreja.

Estaba deseando ver cómo se se las arreglaba Ana con cuatro correas y dos brazos.

—Por supuesto —contestó la profesora animada—. Bueno, chicas, las dejo ya, que aún me queda escuchar a otro alumno aporrear la batería. ¡Luego nos vemos!

Cuando terminaron de merendar casi todo lo que les sirvió la abuela Stanford (y era mucho), las chicas se pusieron en marcha rumbo al parque. Ya en la calle, Ana se enganchó dos correas en cada brazo y echó a andar... con resultados desastrosos. Un brazo para un lado, otro para el otro, Lolita sentada, Dana ladrando, Jack

jalando con todas sus fuerzas y Paul lloriqueando. Ruby la miró preocupada.

—¿Por qué no nos los repartimos? Así sería más fácil.

—No, no y no —contestó Ana agobiada—. No se preocupen, que en dos días los paseos van a ir como la seda.

—No parece que a ella le vaya mucho la *seta* —repuso Rosie viendo cómo Ana jalaba a Lolita.

—Al final siempre llegamos al parque, ¿no? —dijo Ana intentando sonreír.

—Ya, pero ¿de qué forma? —preguntó Violet.

En ese momento, Dana y Jack se coordinaron por primera vez en su vida, pero... Para echarse a correr. Con los dos perros jalando, Ana no tuvo más remedio que dejarse llevar, arrastrando al pobre Paul y a la pobre Lolita tras ella.

—¡Nos vemos en el parque! —le dio tiempo de gritar.

Rosie miró a sus amigas con la ceja levantada, como si lo hubiera previsto, y Ruby se encogió de hombros. Violet resopló ruidosamente, se alisó el ya más que liso vestido que llevaba y se dirigieron juntas al parque.

Cuando llegaron, Ana las estaba esperando donde siempre con los cuatro perros sueltos. Paul seguía sin terminar de confiar en todo ese grupo nuevo de humanos y perros, así que Ruby se acercó a él para enseñarle cosas y darle recompensas a cambio. Acababa de conseguir que se sentara a su orden cuando Rosie dio un grito.

—¿Qué pasa? ¿Qué tienes? —preguntó Violet rápidamente con el corazón en la boca.

—¡He visto un oso! —exclamó con el dedo apuntando hacia los árboles.

—¿Un qué? —preguntó Ruby incrédula.

—**¡¡¡Un oso!!!**

—¿Seguro que eso es lo que quieres decir? No te vayas a confundir como te pasó con la cotorra de la abuela Stanford... —sugirió Ana con delicadeza.

—¡Que no! Te digo que he visto un oso —afirmó Rosie totalmente convencida—. Un animal grande, marrón, con mucho pelo... ¡Un oso!

Las chicas se miraron entre sí.

—Rosie, dudo mucho que haya osos en este parque —dijo Ruby—. Bueno, ni en ningún parque, la verdad.

Rosie frunció el entrecejo. Parecía muy segura de haberlo visto. Y lo que es peor, estaba decidida a que sus amigas le creyeran. Se levantó tan de repente que el pobre Hamlet, sentado tranquilamente a su lado con Lolita en el lomo, se asustó y dejó caer a la caniche al suelo. Rosie fue hacia los árboles con paso firme.

—Pues no habrá osos, pero ya me dirán qué animal deja unas huellas así de grandes —dijo con un tono ligeramente acusador.

Escépticas, las chicas se levantaron y se acercaron hacia donde estaba Rosie. Tal y como decía, en el lodo había unas huellas de un animal tan grandes como su mano extendida. Ni siquiera Dana habría dejado unas huellas tan grandes. No podía ser una mascota.

—¡Dios mío! Rosie tenía razón —exclamó Violet—. ¡Hay un oso en el parque!

—Pero ¿cómo va a haber un oso en el parque? —dijo Ruby—. Tiene que haber otra explicación, chicas. No hay osos sueltos por las ciudades.

—Por las ciudades no —contestó Ana, que empezaba a dudar—, pero esto es un pueblo. ¿Y si ha bajado de la montaña en busca de agua o de comida?

—¡Eso! —soltó Rosie contenta de que le creyeran por fin—. ¿Han visto alguna vez un oso en persona? —las chicas negaron con la cabeza—. ¿Lo buscamos?

—¡Qué genial! —exclamó Ruby.

—Pero ¡qué dices! —dijo Violet a su vez. Cuando vio que era la única que se oponía al plan, no daba crédito—. **Y si nos ataca, ¿qué?**

—Pero, Violet —Ana la hizo girarse para que mirara a todos los perros que tenían con ellas—, ¿qué oso se atrevería a meterse con una jauría de siete perros?

Violet se quedó mirándolos un segundo.

—Bueno —Rosie saltó de la emoción—, pero ponen a los grandes delante, eh. Porque si es un oso de verdad, Lily y Lolita son como un tentempié.

—¡Hecho! —exclamaron las otras tres.

—Rose, ven aquí.

Rosie levantó la cabeza pensando que era con ella, pero la bajó rápidamente al ver que llamaba a la perra y disimuló recogiéndose el pelo en un chongo alto.

La inteligentísima Rose se acercó a la huella del oso y empezó a olisquear a su alrededor. Cuando consideró que sabía lo que buscaba, echó a andar sin esperar a nadie.

—¡Vamos! —instó Ruby mientras la seguía.

Las otras tres se pusieron manos a la obra e hicieron que el resto de los perros la siguieran. No fue fácil, porque cada uno estaba en lo suyo, pero no hay nada que unas cuantas chucherías perrunas no arreglen.

Y así se pusieron todos en marcha en busca del oso del parque. Ana se quedó en la retaguardia para comprobar que no le quedaba ningún perro por el camino. El último de la fila era Paul, asustadizo como ninguno.

—Vamos, Paul —le decía Ana—, ya viste que son todos muy simpáticos y nadie va a hacerte nada malo. Lo prometo.

Paul la miró con sus ojitos redondos y negros. Y, como si quisiera desobedecerla, justo en ese momento se desvió de la fila hacia la derecha. Ana lo siguió a toda velocidad, porque el galgo de la señorita Tucker corría tanto que parecía que volaba. Sin embargo, y para alivio de Ana, apenas corrió unos metros y se paró de repente a oler algo que encontró en el suelo. Ana se iba a acercar para atraparlo, pero le llegó de repente un olor terrible. Se giró.

Detrás de ella venían el resto de los perros y sus tres amigas. Violet estaba justo a su espalda y **olía muy muy mal.**

—¿Lo hueles? —preguntó. Ella asintió. Ana miró al suelo. Y volvió a mirar a Violet—. Eres tú.

Violet abrió los ojos como platos cuando se dio cuenta. ¡Pisó una caca enorme! Rápidamente se alejó de allí y empezó a pegar zapatazos por la hierba para limpiarse el zapato.

—¡Les dije que esto era mala idea! **¡Mala idea!** —repetía una y otra vez mientras arrastraba el pie apestoso por el suelo.

Mientras Rosie y Ana intentaban aguantarse la risa, Ruby fue adonde estaba la caca.

—Es... muy grande —terminó diciendo.

—Y bastante apestosa —añadió Violet, que estaba de pie a un par de metros de ellas y rebuscaba en su bolso algo que quitara el olor a caca que llevaba encima.

—Es suya —aseguró Ruby.

—¿Tú crees? —dijo Rosie, acercándose a la caca.

—Yo nunca he visto una caca así de grande —afirmó Ana, acercándose también.

—Perdonen que interrumpa su periodismo de investigación, pero ahí hay una casa —dijo Violet sin parar de echarse perfume encima.

Las chicas miraron al frente. Tenía razón. **«¿Quién vive en el parque?»**, pensó Ana.

—Si hay alguien ahí, seguro que ha visto al oso alguna vez. ¡Vamos!

Todos se pusieron en marcha hacia la casa, pero no llegaron muy lejos, cuando lo vieron. AL OSO. Tal y como predijo Rosie, era enorme, estaba de espaldas, tenía el pelo marrón enmarañado y había un señor mayor a su lado acariciándolo como si nada.

Las chicas se quedaron paralizadas por el miedo. El único que reaccionó fue Paul que, para asombro de todas, se acercó al hombre moviendo la cola. El oso, al detectar la presencia de Paul, se dio la vuelta para saludarlo. Y entonces se dieron cuenta. Ellas y los perros, claro.

—Pero ¿qué...? —empezó a decir Rosie.

Todos los perros se lanzaron hacia el nuevo compañero que encontraron. Ana no lo podía creer y jamás lo hubiera imaginado. El oso resultó que no era un oso. El oso... **¡era un perro gigante!**

Violet boqueaba sin ser capaz de decir nada. Rosie se había quedado pasmada. Ana seguía asimilando lo que estaba viendo. Ruby fue la única que acertó a decir algo.

—Perdone, señor... ¿Eso es un perro?

El señor que hasta ese momento estuvo acariciando a todos los perros que se le acercaron levantó la cabeza y las observó. Era un anciano muy bajito, con poco pelo y los ojos azules como el cielo. Tenía una sonrisa adorable y llevaba una boina medio ladeada.

—Pues... Sí, yo diría que sí —dijo acariciándole la cabeza—. Es un terranova. ¿No habían visto nunca uno?

—¡Pues no! —exclamó Rosie loca de emoción. Se acercó al perro y lo abrazó como pudo. Los brazos no le daban para rodearlo entero—. ¿Es suyo?

—Sí, señorita —dijo el señor mayor con orgullo—. Maxi y yo somos los guardianes del parque y vivimos aquí desde que me jubilé.

—¿Vive usted en el parque? —preguntó Ana sorprendida. «¿Acaso había un lugar más genial donde vivir?».

—Sí, esta es mi casa. Nos encargamos de abrir y cerrar las puertas, de pasar la podadora... Un pequeño precio a pagar a cambio de vivir rodeado de naturaleza —respondió el anciano—. Una pregunta: ¿este no es Paul? —preguntó extrañado señalando al perrito de la señorita Tucker.

—¿Lo conoce? Soy paseadora de perros y cuido los perros de mis vecinos. Este es el de la señorita Tucker.

—¡Ya decía yo! —dijo el anciano entusiasmado—. Esa tal señorita Tucker de la que hablas es mi nieta, ¿sabes? ¡Claro que conozco a Paul!

«Por eso se le acercó tan rápido, claro», pensó Ana.

—Bueno, señoritas, ¿qué las ha traído a la humilde morada del señor Carter y Maxi?

—Pues, verá... —empezó a decir Ruby avergonzada.

—Es que... —dijo Rosie mirando al suelo—. Pensé que era un oso. Seguimos sus huellas...

—Y su caca —interrumpió Violet.

—¡No me digas! —exclamó el señor Carter—. Bueno, no me extraña que lo hayan confundido. Desde luego tiene el tamaño de un oso mediano —coincidió mientras tomaba a Lolita en brazos—. Oye, ¿y dices que paseas a todos estos perros tú sola?

—Sí —contestó Ana orgullosa—. Los traigo al parque y están todos juntos.

—¡Qué buena idea! —respondió él—. Los perros son animales muy sociales, ¿sabes? Necesitan estar siempre en compañía. A veces me preocupa que mi Maxi se aburra conmigo...

Ana miró a sus amigas. Sus amigas adivinaron lo que estaba pensando. No era la mejor de las ideas, pero ninguna se atrevió a llevarle la contraria.

—Señor Carter, ¿quiere que saque también a Maxi?

El anciano abrió mucho los ojos. La sonrisa no le cabía en la cara.

—¿Lo dices en serio? —Ana asintió—. ¡A Maxi le vendría estupendamente!

—Pues entonces está hecho. Maxi, ¡bienvenido al club de los perrunos! —exclamó Ana entusiasmada.

Rosie la miró pensativa.

—Mejor a la pandilla de las perrerías —murmuró Ruby mientras negaba con la cabeza.

—¡Otro perrito más para la perripandilla!

Violet la miró de reojo.

—Hombre, perrito, perrito...

Capítulo 6
De excursión en la montaña

—Vamos, Jack, sube, no tengas miedo.

Violet invitó a las chicas y a sus compañeros perrunos a su casa de la montaña, y el padre de Ana se ofreció a llevarlas en su camioneta, pero Jack se negaba a entrar en ella. Ana cargó su maleta y todo lo necesario, pero Jack no quería dar el salto y subir al coche. Intentó de nuevo jalarlo con todas sus fuerzas, pero no consiguió moverlo ni un centímetro. Parecía una roca.

En ese momento, aparecieron sus amigas, platicando alegremente por la calle. Cuando vieron a Ana jalar a Jack sin éxito, corrieron hacia ella.

—Espera, te ayudamos —dijo Ruby.

—No, si no hace falta, solo está siendo testarudo —decía Ana.

—No vas a lograr moverlo. Está asustado —aseguró Violet.

Rosie se metió en la cajuela con Hamlet y Rose y sacó del bolsillo un hueso de juguete de esos que suenan cuando los aprietas.

—No sé si funcionará, pero a Hamlet le encanta.

¡MEC-MEC!

Rosie lo hizo con toda su buena intención, pero no le salió como esperaba. En lugar de conseguir que Jack quisiera entrar, el perro se asustó del sonido y empezó a ladrar. Lily metió la cabeza dentro del bolso de Violet, que es donde la niña solía llevarla. El resto de los perros se volvieron locos con el huesito e intentaron quitárselo a Rosie de la mano. Ante semejante alboroto, la chica bajó de la camioneta corriendo.

Jack no se había movido un centímetro.

Ruby también quiso intentarlo. Utilizó las técnicas que usaba con Rose. Una orden sencilla y le daba una chuchería. Otra orden sencilla y le daba más. Jack cumplió todas sus órdenes a rajatabla para conseguir las chucherías e incluso se acercó un poco a la camioneta, pero

cuando Ruby le dio la orden de subir y le puso la chuchería en el suelo de la cajuela, se negó a obedecerla.

—A ver, déjenme a mí —interrumpió Violet—. Soy experta en perritos asustados.

Violet se acercó a Jack, le acarició la cabeza y le dio un abrazo.

—Yo sé que te da miedo —le dijo en voz baja sin parar de hacerle cariñitos—. A mí tampoco me gusta mucho el coche, ¿sabes? Pero el lugar al que vamos es muy genial. Está en plena montaña ¡y vas a poder bañarte en el río! —Jack la miraba embelesado mientras lo acariciaba sin parar—. ¿Quieres subirte a la camioneta? No se tarda mucho en llegar.

Violet se subió a la camioneta y se sentó en el suelo, dejándole espacio para que se subiera él también.

—No creo que se suba solo por eso —dijo Ruby con una media sonrisa.

Pero para sorpresa de todas, Jack se acercó lentamente a la camioneta, olisqueó el suelo y se subió de un salto. Luego se echó junto a Violet y le puso la cabeza sobre su regazo. Ana no lo podía creer, pero Ruby estaba que parecía que se iba a desmayar.

—Violet... —tartamudeó—. Eres **la encantadora de perros.**

—¡Ese es mi don! —exclamó ella emocionada—. Creo que me quedaré aquí con ellos, así me aseguro de que no se pongan muy nerviosos y que Jack se tranquilice un poco.

—Bueno, ¿nos vamos o qué? —dijo el padre de Ana, que acababa de salir por la puerta—. ¡La montaña las espera!

Una hora en el coche, una parada de emergencia para hacer pipí e infinitas canciones de viaje después, las cuatro amigas y sus cuatro perros llegaron a la casa de la montaña. Los padres de Violet las estaban esperando con el mejor recibimiento posible: comida.

Después de haber visto la casa de Violet en el pueblo, Ana se esperaba otra mansión enorme en medio del bos-

que, pero esta era diferente. Más que una casa era una cabaña de madera, que prácticamente se ocultaba entre los árboles. Tenía un par de habitaciones y una sala sencilla con chimenea.

—No se contengan, que la comida es para ustedes —les dijo la madre de Violet. A Ruby solo le hizo falta esa afirmación para empezar a comer panecitos.

La madre de Violet se parecía muchísimo a su hija. También era bajita, un poco regordeta y tenía los ojos azules y el pelo corto y rubio. Su padre, al contrario, tenía el pelo negro, muy rizado y unos ojos de color marrón oscuro. Era tan alto que parecía que iba a chocar con el techo y tan delgado como un fideo. Hacían una pareja de lo más peculiar.

—Les preparé un mapa de la zona, para que hagan senderismo con los perros —les comentó el padre señalando la mesa—. Lo mejor es que vayan hasta el río, que está cerca y desde allí empiecen la excursión.

Rosie, Violet y Ana prepararon las mochilas y agarraron todo lo necesario para guiarse por el bosque. Ruby llenó su mochila de comida, por si acaso. Cuando estuvieron listas, se despidieron de los padres de Violet y salieron con los perros.

Ruby era la única que sabía leer un mapa, así que iba encabezando la expedición junto a Rose. El resto la seguía sin mucho orden. Jack estaba entusiasmado y no paraba de correr de un lado a otro, persiguiendo mariposas y cualquier cosa que se moviera. Violet llevaba a Lily en brazos, ya que no le gustaba mucho eso de ensuciarse las patitas de lodo. Hamlet iba con paso lento

detrás de ellas, escuchando atento cualquier ruido. Ana era la última, cerrando la marcha.

No tardaron mucho en llegar al riachuelo. El bosque estaba precioso. La mayoría de los árboles todavía conservaban sus hojas y, los que no, las esparcieron por el suelo, que crujía cuando pasaban por encima. Las chicas dejaron sus cosas en el suelo y observaron lo bien que se la pasaban sus perros. Aunque no a todos les gustaba el agua, claro.

—Bueno, bueno, bueno... Por fin mi compañera de nombre tiene un fallo —dijo Rosie señalando a Rose, que se asomaba desde la orilla del río sin llegar a meterse.

—Sí, nunca hemos conseguido que le guste el agua —admitió Ruby con los brazos en la cintura—. Solo deja que la bañemos, pero tampoco le entusiasma demasiado.

—Yo la entiendo —se solidarizó Ana—. No sé cómo se atreven a meterse en el agua con el frío que hace.

Lo cierto es que el día comenzó soleado pero, a medida que pasaban las horas, el cielo se puso cada vez más nublado y las chicas no iban especialmente abrigadas.

—¡No se preocupen! —saltó Violet—. Violet la previsora trae una cobija.

—Ya decía yo que la mochila pesaba una tonelada... —murmuró Rosie.

Violet obvió el comentario de
Rosie y fue por la cobija. Como
solo había una y todas estaban
muertas de frío, se sentaron
en el suelo arropadas bajo la
cobija.

—¿Ven? Es que una tiene que ir preparada —decía
Violet—. El hombre del tiempo no siempre acierta. Mi
abuela dice que con el tiempo uno adivina más que conoce. Por eso se llama la predicción del tiempo, porque
claro...

—Ana, a Jack le pasa algo —interrumpió Ruby un
poco tensa.

Ana miró a su perro y vio cómo observaba algo a lo
lejos. Estaba extrañamente quieto. Tenía las patas en
tensión y las orejas tiesas. Ana no lo había visto nunca
así de quieto.

—¿Qué está mirando?

Rosie intentó vislumbrar algo entrecerrando los ojos.

Ana forzó la vista un poco
más. Y lo vio. Jack era un ca-
zador nato y estaba preparado para salir corriendo
por él.

—¡Un conejo! ¡Un conejo!

Ana se levantó corriendo, pero eso solo le dio a Jack el banderazo de salida. Salió disparado entre los árboles y en un segundo lo perdió de vista. Sin pensarlo dos veces, Ana salió tras él.

Apenas avanzó unos metros cuando se lo encontró, agachado junto a un árbol. «Por favor, que no le haya hecho nada, que no le haya hecho nada», se repetía Ana una y otra vez. Cuando llegó, Jack estaba comiéndose los restos de un bocadillo que algún montañista habría dejado sabe Dios cuándo. Ana suspiró aliviada. Sin embargo, cuando levantó la cabeza de nuevo, se dio cuenta de que no veía nada a su alrededor. Ana se frotó los ojos, pensando que se estaba mareando o algo parecido, pero no. No se trataba de ella; había aparecido una niebla espesa entre los árboles que no dejaba ver nada que estuviera a más de un metro de distancia. Rápidamente, tomó a Jack en brazos; no quería perderlo también.

—¡Rosie! ¡Violet! ¡Ruby! —gritó Ana.

—¡Lily! ¡Rose! ¡Hamlet!

Ana empezó a decir los nombres de todos los perros. Quizás sus amigas no la oyeran, pero los perros tenían mejor oído y podían guiarla hasta ellas.

Nadie contestaba y Ana empezó a ponerse nerviosa. Intentó orientarse, pero se movió y no recordaba por dónde había venido. Empezó a caminar sin rumbo, tocando los árboles que se encontraba al pasar. Había visto en las películas que así se guiaba la gente en los bosques, pero ¿cómo se guía una cuando ni siquiera ve lo que tiene a un metro de la cara?

La chica se aferró a Jack con todas sus fuerzas, porque temblaba ligeramente por el frío repentino que trajo la niebla. Era la primera vez que Ana estaba en ese bosque y no tenía ni idea de lo grande que era. Pero ¡cómo era posible que no encontrara a nadie! ¿Se había alejado tanto al perseguir a Jack?

Como si le hubiera leído los pensamientos, Jack emitió un pequeño aullido. Ana lo miró sorprendida, era la primera vez que ladraba o hacía ruido.

—No te preocupes, seguro que encontramos a alguien —dijo Ana no muy convencida.

Jack volvió a aullar. Esta vez lo hizo más fuerte, como si fuera un lobo hablando con la luna.

—Ey, te encontré —dijo una voz.

Ana dio un brinco. No esperaba que nadie respondiera, pero cuando vio a su amiga Violet, le dio un apretujón. bien fuerte y agradeció que Jack tuviera un aullido de emergencia.

—Menos mal —dijo Ana—. Pensaba que me había perdido.

—Bueno, nos hemos perdido —dijo Violet rascándose la cabeza—. Pero ¡qué niebla más repentina! Nos levantamos para seguirte pero, cuando me di cuenta, solo estaba yo. ¡Y no me responde nadie!

—Sigamos llamando, no pueden estar muy lejos, aunque no las veamos.

Ana y Violet continuaron andando por donde habían venido sin parar de gritar el nombre de sus otras dos amigas y de los perros que faltaban. «Espero que estén juntos, al menos. No quiero que ninguno se pierda».

Al cabo de unos minutos, consiguieron dar con el riachuelo. No era el mismo punto donde estaban antes, pero era un comienzo.

—Espera —dijo Violet de repente—. ¿Oyes eso?

Las dos chicas se quedaron muy calladas y oyeron el sonido del agua. Corrieron hacia allí pensando que era el mismo sitio donde estaban antes, pero no fue así.

—Creo que, si seguimos el curso del río, llegaremos al punto donde estábamos. Puede que Rosie y Ruby nos estén esperando allí.

—Y el punto donde estábamos... ¿está riachuelo arriba o abajo? —preguntó Violet.

Ana no tenía ni idea. No le sonaba nada de lo que veía. También podría deberse a que todo eran árboles y piedras rodeados de niebla, así que era complicado. Las chicas lo echaron a la suerte.

—Para arriba —sentenció Ana.

Y empezaron a seguir el riachuelo sin alejarse demasiado del agua.

—¡Ruby! —gritó Violet por enésima vez—. ¡Rosie!

Entonces, alguien ladró. Bueno, alguien, no; un perro, claro. Violet y Ana se miraron. Era un ladrido potente pero sereno.

—¡Rosie! ¡Ruby! ¿Están ahí?

No había ni rastro de sus amigas humanas, pero sí de las perrunas. Allí estaba Rose, sentada diligentemente con una mochila en la boca.

Al ver que estaban perdidas, Rose se quedó donde estaba esperando a que alguien volviera por ella. Y así fue.

Violet se acercó y le dio un abrazo. Rose se puso como loca de alegría.

—Se ve que no solo Rosie confunde su nombre con el de Rose, porque Rose ha respondido al de Rosie —dijo Violet agarrando la mochila—. Tiene comida, una cuerda, una muda de ropa y... Más comida.

—La mochila de Ruby —dijeron las dos a la vez.

Ana se echó la mochila a la espalda y reanudaron la marcha siguiendo el riachuelo, que cada vez era más pequeño. La niebla no les dejaba ver nada que estuviera más allá de un metro, así que todos iban con la cabeza agachada para ver por dónde pisaban. Apenas llevaban media hora andando cuando el hilo de agua que estaban siguiendo se acabó. Habían ido tras el ramal equivocado del riachuelo. Ana empezó a desesperarse. «¿Y si no encontraban el camino de vuelta a casa?».

—Mira, Ana, parece que ahí adelante hay menos niebla —comentó Violet.

Las chicas corrieron y frenaron en seco al ver dónde estaban. ¡Era un precipicio! Jack, al verlo, retrocedió todo lo que pudo. No le gustaban las alturas. Rose, sin embargo, se asomó al borde para ver qué había abajo.

—¡Qué horror! ¡Es espeluznante! —exclamó Violet—. Por poco...

Al otro lado del precipicio continuaba el bosque. Había una colina llena de pinos que se alzaba por encima de la niebla.

—Violet, ¿crees que si subimos a la colina esa veremos mejor dónde estamos? —preguntó Ana con cautela conociendo lo miedosa que era su amiga.

—La cuestión no es subir, sino llegar hasta el otro lado —dijo Violet más calmada de lo que uno imaginaría.

—¿Qué podemos hacer? —se preguntó Ana en voz alta mientras se asomaba al precipicio. La caída era enorme. Con la niebla ni siquiera se veía el fondo.

—**¿Tienes vértigo?** —le preguntó Violet como quien no quiere la cosa.

—¿Por qué lo dices?

—Porque parece que hay una forma de cruzar al otro lado.

Ana y Violet contemplaron «la forma de cruzar al otro lado». Técnicamente, podría decirse que era un puente, pero tenía tantos años

que era difícil saber cómo seguía en pie. Le faltaban varias tablas y las que había no tenían pinta de estar en muy buen estado.

—También podríamos rodear el precipicio. Quizás haya otra forma de cruzar al otro lado —sugirió Ana, a la que no terminaba de convencerle la idea.

—No es que me muera de ganas por atravesarlo —aseguró Violet—, pero no sabemos si hay otra forma y si se nos hace de noche será peor todavía.

Las chicas se quedaron en silencio unos segundos pensando qué hacer. Sin embargo, Rose no estaba para reflexiones profundas y, decidida, se acercó al puente.

—¡Rose, no! —le gritó Ana.

Rose se giró para mirarla. No entendía a qué venía tanta alarma, así que siguió caminando alegremente sobre el puente. Las tablas de madera crujían a su paso, el puente se balanceaba ligeramente de un lado a otro...

Pero entonces una ráfaga de viento silbó tan fuerte que Rose, asustada, se tuvo que echar sobre las tablas del puente, que se movía sin parar, para evitar caerse.

En ese momento, Ana se armó de valor y, con Jack en brazos, salió en busca de

Rose, que parecía incapaz de moverse. El puente se tambaleaba tanto que la chica empezó a marearse un poco. No quería soltar a Jack, así que solo podía agarrarse con una mano a la cuerda medio deshecha que se suponía que era el barandal. Cuando llegó junto a Rose, se arrodilló a su lado y la acarició para que se tranquilizara. Jack soltó un lloriqueo, aunque no estaba claro si era por él mismo o por su amiga peluda. Rose alzó la cabeza y miró lo que le quedaba por cruzar.

—¡Vamos, Rose, solo son un par de metros! ¡Tú puedes! —gritó Violet desde el otro lado.

La pastora alemana hizo de tripas corazón, se puso en pie y, seguida por Ana, llegaron todos al otro lado sanos y salvos. Ana volvió a respirar con tranquilidad. Miro a Violet preocupada. Su amiga observaba el puente como si fuera la peor de sus pesadillas.

—¡No tengas miedo, Violet, el puente es más resistente de lo que parece!

Violet la miró desconfiada.

—Pero ¿por qué siempre me meten en estos líos? —se quejó.

Sin embargo, y obviando todos sus instintos que le advertían que no cruzara ese puente, Violet sacó la cuerda de la mochila de Ruby y la ató al árbol más cercano. Después, se la ató a sí misma por la cintura. Iba a paso firme pero lento; no quería que el puente se resintiera mucho. «Si ha aguantado el peso de nosotros tres, podrá con ella», se decía Ana en un intento de convencerse a sí misma.

Quizá tardara dos minutos en cruzar aquel puente destartalado, pero Ana sintió que pasó una hora. Cuando puso un pie en tierra firme, Ana se puso a saltar de la alegría.

—Creo que he cruzado todo el puente sin respirar —dijo Violet.

—Pero ¡lo cruzamos! —se alegró Ana.

Con las pocas fuerzas que le quedaban, Ana y Violet condujeron a los perros hasta lo alto de la colina. Como previeron, desde arriba se podía ver todo el bosque y no había ni rastro de la niebla que les impedía ver abajo. Las dos escudriñaron el horizonte en busca de alguna señal del resto del grupo, pero no tuvieron suerte.

—¿Y ahora qué? —preguntó Violet.

—La verdad es que me he quedado sin ideas —admitió Ana.

Violet se dejó caer pesadamente sobre el suelo.

¡MEC-MEC!

Jack se puso en guardia. Violet se sentó sin querer sobre la mochila de Ruby y, en uno de los bolsillos, estaba el hueso de juguete de Rosie. Jack seguía mirándolo

enfadado, como si estuviera desafiando a un duelo a ese trozo de plástico chillón.

—¿Y si armamos un escándalo hasta que alguien nos oiga? —propuso Violet sonriendo.

A continuación, empezó a apretar el hueso de juguete. ¡MEC-MEC! ¡MEC-MEC! ¡MEC-MEC!

Jack se puso como loco. Con su rugido atronador, empezó a ladrar sin parar. El estruendo se escuchaba por todo el bosque. Si no las encontraban así, no las encontrarían nunca. Pero, por si fuera poco, al ver a Jack tan enojado, Rose se unió al concurso de ladridos.

Mientras Violet seguía apretando el hueso, Ana oteó el horizonte en busca de alguna referencia: la casa de Violet a lo lejos, algún perro perdido... Cualquier cosa le hubiera valido, pero jamás hubiera esperado ver a Ruby subida en la copa de un árbol agitando los brazos como una loca.

—¡Violet! ¡Las encontré! ¡Las encontré!

Violet abrió mucho los ojos y dejó de apretar el huesito de plástico. Los perros que las acompañaban se callaron al instante.

—¡Chicas, vuelvan! ¡Encontramos el mapa! —el viento traía la voz de Ruby.

Rose se puso a aullar en cuanto la escuchó y salió a correr colina abajo. Las chicas la siguieron y deshicieron el camino que habían hecho. Esta vez cruzaron el puente sin apenas mirar por donde iban y sin preocuparse de si se caían o no. ¡Tenían que volver! Menos mal que Rose las guiaba, porque Ana no estaba muy segura de cómo llegar a ese árbol en el que había visto a Ruby. Cuando volvieron a estar juntas, las chicas se fundieron en un abrazo.

—¡Menos mal que las encontramos!

—Ya no sabíamos qué hacer.

—Buena idea lo de Jack. Rosie creía que no serviría de nada subirse al árbol.

—¿Quién iba a saber que subirían a una colina?

—**No saben cuánto miedo sentimos...**

—¡Cruzamos un puente que por poco se cae!

Las chicas no paraban de contarse cosas, intercalando historias con abrazos y cariños entre ellas y a los perros. Afortunadamente, Hamlet y Lily estaban con ellas, así que no se perdió nadie.

—Bueno, ¿sabemos volver a casa desde aquí? —preguntó Violet preocupada.

Ruby sacó el mapa del bolsillo.

—Ay, Ruby, ¡nunca te he querido más!

Capítulo 7

La casa engatada

Una semana después de la accidentada excursión, Ana se levantó el sábado tranquilamente y decidió ir a ver a la señora Robinson. Salió de casa con Jack. No lo llevaba atado porque la casa de la señora Robinson estaba justo al lado. Llovía un poco, pero a Jack eso le daba igual. Iba saltando e intentando pescar las gotas que caían del cielo.

Cuando llegó a casa de su vecina, la encontró en el taller trabajando. Ya no usaba las muletas y parecía que se había recuperado. Sin embargo, andaba mucho más lenta, como con miedo a volver a hacerse daño. La señora Robinson llevaba un overol azul y lo tenía lleno de manchas de todo tipo. Parecía que ese overol había presenciado muchos inventos.

—¡Hola! —saludó Ana al entrar.

Jack hizo lo propio poniéndose a dos patas sobre la señora Robinson. Ella le acarició la cabeza con cariño y le indicó dónde estaba Lolita: echada tranquilamente sobre un cojín en un rincón del taller.

—Hola, vecina —dijo la señora Robinson—. ¿Qué tal todo? ¿Qué tal tus nuevas amigas? —preguntó con curiosidad.

—¡Muy bien! Nos llevamos fenomenal y siempre andamos de aquí para allá con nuestros perros. ¡Estoy muy contenta!

—Me alegro, me alegro —contestó la anciana vecina—. ¿Y cómo te va con el negocio de los perros?

La señora Robinson la miró con la ceja levantada.

—Bueno... No me va mal —murmuró Ana sintiéndose incapaz de mentirle—. A veces aún me cuesta, pero yo creo que dentro de poco lo tendré dominado.

—Te vi el otro día, ¿sabes? —le dijo la señora Robinson—. Ibas corriendo con cuatro perros a la vez y me pareció que necesitabas un poco de ayuda.

—No, no —contestó Ana inmediatamente—. No hace falta, de verdad. Es solo que a veces quieren ir a ritmos diferentes y...

—Ana —la interrumpió la señora Robinson—, no es malo pedir ayuda cuando se necesita. Además, ¡yo me la he pasado en grande haciéndolo!

—¿Haciendo qué?

Ana pensaba que la ayuda de la señora Robinson iba a ser hablar con alguno de los dueños de los perros para que no tuviera que sacarlos a todos a la vez; u ofrecerse ella misma a ayudarla, aunque tuviera la pierna regular. Pero no. La señora Robinson se acercó a su mesa del taller y levantó lo que parecía un cinturón.

—¡Tarán! —dijo como respuesta.

—Y... ¿Qué se supone que es eso?

La señora Robinson sonrió entusiasmada como una niña pequeña.

—He mejorado tu invento —aclaró.

Le dio a Ana su nuevo invento mejorado y esta lo observó de cerca. Era, literalmente, un cinturón. Sin embargo, además de los agujeros normales para abrocharlo a medida, tenía varios enganches. Ana se lo puso para verlo en acción.

—Verás —le explicó la señora Robinson—, una vez que lo tengas bien abrochado, puedes enganchar hasta cinco perros en cada cinturón. Así tendrás las manos libres y podrás manejarlos mejor. Cuando vayas andando normal, se irán moviendo a la misma velocidad que tú —hizo una pausa para ver si Ana reaccionaba, pero la chica estaba ocupada observándolo con detalle—. ¿Y bien? —preguntó la señora Robinson con una mezcla de impaciencia y emoción.

Ana se quedó pensativa unos segundos.

—¡Es lindísimo!

—¿Te gusta de verdad? —dijo la señora Robinson aplaudiendo—. Yo creo que esto resolvería alguno de tus problemas de movilidad, sobre todo ahora con tantos perros.

—¡Me encanta, señora Robinson! —exclamó Ana toqueteando los enganches del perricinturón—. Muchas gracias, en serio.

La señora Robinson sonrió, orgullosa de su trabajo.

—De nada, corazón —le dijo mientras guardaba algunas herramientas—. En la vida hay momentos en los que es mejor pedir ayuda —Ana bajó un poco la cabeza—. Si me lo hubieras pedido, te habría echado una mano antes y no tendrías que haber ido corriendo por ahí.

—Es que me gusta mucho encargarme de pasear a los perros —se defendió Ana—. No quiero que los dueños dejen de traérmelos para el paseo.

—Lo entiendo —le dijo su vecina comprensiva—, pero no tiene nada de malo repartirse el trabajo cuando te veas agobiada. Tienes varias amigas, ¿no? ¡Pídeselo! Seguro que están encantadas de... ¡Ah!

Jack, que estuvo olisqueando todo el taller, había dejado caer una pieza de metal al suelo. La señora Robinson brincó del susto.

—Lo siento, señora Robinson. Es que Jack es muy curioso —dijo Ana recogiendo lo que tiró su perro.

—No, no te preocupes —contestó ella—. Desde que pasé por la casa esa, estoy tan miedosa que no me aguanto ni yo. Como iba diciendo...

—**¿A qué casa se refiere?** —la interrumpió Ana con curiosidad.

—La casa abandonada en la esquina de la calle —explicó la señora Robinson señalando por la ventana—. Nunca me ha dado buena espina. Tan grande, tan vieja...

—la señora Robinson se estremeció—. Pero es que el otro día pasé por allí, ya estaba oscureciendo, y oí unos ruidos... No sé qué era, pero sentí que no estaba sola.

Ana abrió los ojos de par en par. «Esto se lo tengo que contar a Rosie», pensó Ana imaginándose la cara de emoción de su amiga, enamorada de las historias de miedo y los misterios.

—¿Y de quién es la casa, señora Robinson? —le preguntó.

—Pues no tengo ni idea —respondió ella rascándose la cabeza—. Siempre ha estado así, que yo recuerde. Claro que con los años está cada vez más abandonada. Cualquier día se viene abajo y verás tú el desastre. La verdad es que hay muchas casas así, porque...

Ana escuchó a la señora Robinson a lo lejos. Sus amigas estuvieron hablando sobre planes para Halloween, pero no se les ocurrió ninguno que les gustara a todas. Ahora tenía uno que no las iba a dejar indiferentes.

Cuando la señora Robinson terminó su charla, Ana agarró el perricinturón, a Jack y a Lolita y fue en busca de Dana y Paul. Lo cierto es que el perricinturón le daba mucha más libertad de movimiento, aunque todavía debía mejorar la coordinación entre ellos. Por suerte, como Maxi ya vivía en el parque, no tenía que añadir un perro nuevo al paseo, porque, si no, Ana se habría vuelto loca.

Ana recogió a Maxi en casa del señor Carter y se dirigió a su sitio preferido del parque, donde ya la esperaban sus amigas con el resto de perros. Al soltarlos, sus amigas se quedaron mirando el cinturón de Ana.

—¿Qué es eso? —preguntó Violet, que se levantó para verlo de cerca.

—Me lo ha hecho la señora Robinson —contó Ana—. Así puedo enganchar a los perros a este cinturón y que no me jalen de los pantalones. **¡El perricinturón 2.0!**

—¡Vaya, qué buena idea! —exclamó Ruby.

—Nos podría hacer uno a cada una, así nosotras también podríamos ayudarte —dijo Rosie.

—No te preocupes, con este artefacto todo va a ser mucho más fácil —aseguró Ana, contenta de tener su nuevo perricinturón. Ruby suspiró—. ¿A que no adivinan qué me ha contado la señora Robinson?

—¿Qué? ¿Qué? —preguntó Violet, llena de curiosidad.

—¿Se acuerdan de que no sabíamos qué hacer para Halloween? —sus amigas asintieron—. ¿Que queríamos algo que diera miedo y no nos daban ganas de pedir caramelos por las calles? —volvieron a asentir—. ¿Qué les parecería entrar en una casa abandonada... —Rosie abrió la boca con expectación— en la que a veces se oyen ruidos extraños?

—¡¡Sí!! —exclamaron Rosie y Ruby.

—Pero... —empezó a decir Violet, que no estaba muy convencida—. ¿Seguro que no vive nadie? Qué tal si entramos y resulta que hay ruidos extraños porque hay una familia allí viviendo.

—¡Es una casa abandonada! —le explicó Ana—. Tiene las puertas medio rotas, apenas le queda un cristal en las ventanas y el jardín da pena verlo.

—Bueno, igual es una familia un poco descuidada —murmuró Violet.

Pero sus amigas ya no le estaban prestando atención.

—¿Qué creen que habrá dentro? —fantaseó Rosie.

—Yo digo que hay algún fantasma con asuntos sin resolver —dijo Ruby.

—Eso, o cuadros de personas a las que se les mueven los ojos.

—O tal vez voces desde el más allá.

—O un montón de polvo y muebles viejos —sentenció Violet.

—Vamos, Violet, no seas aguafiestas —le dijo Ana—. ¿De verdad no crees que nos la vamos a pasar bien?

—¡De acuerdo! —exclamó—. Solo les pido una cosa. —hizo una pausa teatral—: Que vayamos disfrazadas de Halloween de verdad.

—Pero ¿para qué nos vamos a disfrazar? —se quejó Rosie, que no le gustaba mucho ese rollo—. ¿Y qué hacemos con los perros? ¿Los disfrazamos también?

—¡Aquí hay un montonal de disfraces!

Rosie se rascó la cabeza intentando colocarse bien la peluca que Violet le obligó a ponerse. No estaba muy contenta de tener que ir vestida de pirata por el pueblo, pero era el único disfraz que quedaba cuando llegó a casa de Violet.

—¿Por qué tienes tantos disfraces? —preguntó Ana.

—En mi casa tenemos pasión por los disfraces y por el maquillaje —contestó Violet orgullosa. Ella se pintó  una calavera superbonita en la cara y llevaba un disfraz de esqueleto—. Nos disfrazamos para un carnaval y en Halloween. ¡Nos encanta!

—Bueno, creo que este es el que mejor me queda.

Ruby salió del baño vestida de princesa. O algo así. En la familia de Violet, eran más bien bajitos y todo lo que Ruby se probó le quedaba pequeño. Después de un desastroso disfraz de oso, de mariposa y de payaso, accedió a probarse el de princesa. Le quedaba un poco corto y las mangas largas eran tan pequeñas que se le veía medio brazo, pero al menos podía abrochárselo y también podía andar.

—Estás preciosa —le dijo Violet con cariño—. Adjudicado. Y tú no lo pienses más, está claro que te encanta ese —añadió dirigiéndose a Ana.

Ana se volvió a mirar en el espejo. Pues sí. Nunca lo habría dicho, pero verse vestida de bombera le encantaba. El traje le quedaba estupendo y le hacía ilusión ir disfrazada de una profesión tan genial.

—¡Pues de bombera se ha dicho! —exclamó.

Una vez estuvieron todas listas, bajaron a la sala, donde estaba la abuela de Violet con todos los perros que le dejaron a cargo. Le pidieron que los vigilara mientras se vestían, pero la anciana había hecho mucho más que eso. La pasión por el disfraz de los Stanford se apoderó de ella.

—Pero, abuela, ¿qué hiciste?

Al entrar, las chicas vieron a Lolita y a Lily sobre la mesita de café de la sala. Cada una con un disfraz a cada cual más adorable. Lily llevaba uno de araña, que traía cuatro patas extras; Lolita iba de león, con melena y colita peluda incluida.

—La verdad es que solo teníamos disfraces de perro en tamaño mini —confesó la abuela señalando a las dos perritas—, pero creo que lo he arreglado.

A Hamlet le puso un gorro de vaquero del Oeste y un chaleco azul que parecía sacado de algún peluche. Rose estaba más que emocionada con su nueva prenda: un tutú rosa que la convertía en la bailarina perruna más linda de todos los tiempos. Paul estaba en un rincón, intentando quitarse el gorrito de mago que le puso la abuela Stanford. También le había puesto una capa, para que llevara el disfraz de mago completo. A Dana le tocaron las alas de mariposa del disfraz que Ruby no quiso llevar, y la verdad es que le quedaban mejor que a ella. Ana buscó con la mirada a Jack, que estaba concentrado mirando a la cotorra. Su disfraz quizás estuviera fuera de lugar.

—¿Por qué lo has disfrazado de Santa Claus? —le preguntó Violet a su abuela.

—Bueno, tenía opciones limitadas —respondió ella—. ¡Y el gorro le queda tan bien como si estuviera hecho a medida!

—¿Y Maxi? —preguntó Ana.

—Verás... —empezó a decir la abuela un poco decepcionada—. A Maxi no le cabía nada de lo que teníamos, pero, sinceramente, él ya va disfrazado de casa. Es un oso, ¿no? —le guiñó un ojo a Rosie, que se puso ligeramente colorada.

Las chicas se despidieron de la abuela y salieron a la calle, en busca de la casa abandonada que pensaban inspeccionar.

—Vaya grupo —comentó Rosie.

—La pandilla de los perros unidos —sugirió Violet.

—Las paseadoras perrunas —dijo Ruby.

—Las paseadoras perrunas disfrazadas —añadió Ana mientras todas se reían.

Por el camino se cruzaron con muchos niños que también iban disfrazados y que iban de puerta en puerta pidiendo caramelos y dulces. Había disfraces muy bonitos, pero nadie podría superar nunca a un grupo de cuatro niñas y ocho perros disfrazados de lo primero que les quedó de la montaña de disfraces reciclados de Violet.

Cuando llegaron a la casa que les dijo la señora Robinson, se detuvieron a observarla. Era una casa grande, con muchos ventanales, pero prácticamente sin cristales. La madera de las puertas y las ventanas estaba llena de moho y no se veía ninguna luz dentro. La casa estaba rodeada por una valla metálica que hacía que el viento que la atravesaba sonara como un silbido estridente. Todas se quedaron en silencio mientras la observaban. Y entonces fue cuando oyeron los ruidos de los que hablaba la señora Robinson. Eran unos crujidos, como madera que se resiente bajo un gran peso, o como si alguien arañara las paredes descarapeladas. Todas se miraron con una mezcla entre miedo y emoción.

Entonces se dieron cuenta de su primer error.

—¿Y cómo entramos? —preguntó Violet señalando la puerta principal, cerrada con candado.

—Pues... Se me escapó ese detalle —reconoció Ana.

—¿Pensabas que la casa estaría abierta? —preguntó Rosie.

—No, claro —respondió Ana rápidamente—. Bueno, sí. ¡Yo qué sé!

—Veamos, que no cunda el pánico —dijo Ruby—. Tiene que haber un sitio por el que podamos entrar.

Las chicas rodearon la valla metálica que rodeaba la casa, pero no encontraron ninguna otra puerta.

—Podríamos saltar la valla —sugirió Ruby pegando un salto para demostrar su agilidad.

—Podrás saltarla tú —le contestó Violet medio riéndose—, pero ya te digo yo que Maxi no podrá.

—Ni Hamlet.

—Ni Dana.

—Bueno, ya lo capté —contestó Ruby.

«Si no podemos pasar por arriba...», pensó Ana.

—Chicas, ¿y si entramos por debajo?

—¿Por debajo de dónde? —preguntó Rosie mientras se arreglaba el chongo.

Ana señaló la valla. Era cierto que estaba un poco levantada, así que solo tendrían que hacer un hoyo más grande.

—¡Ya lo tengo!

Puede que Jack no respondiera a sus órdenes como Rose, puede que no fuera tan alto como Hamlet o tan fuerte como Dana, pero si algo podía hacer Jack, era cavar hoyos en la tierra. Y vaya si lo iba a hacer.

En menos de un minuto, el agujero era suficientemente grande como para colar a las dos perritas más pequeñas, Lily y Lolita. Después, pasaron Paul y Rose, acompañados de Violet, que era la más pequeña del grupo. Desde el otro lado, Paul empezó a ayudar a Jack en su preciado hoyo y, al cabo de un

rato, Ruby, Rosie y Dana pasaron al otro lado. Para poder pasar a Maxi y a Hamlet, hicieron falta unos minutos más y que las chicas levantaran un poco la valla con las manos. **Pero ¡lo consiguieron!**

Cuando estuvieron todos al otro lado, Ana felicitó a Jack por su trabajo, pero él estaba más bien triste de no poder seguir excavando.

—Otro día te dejo que hagas más hoyos —le prometió Ana en voz baja.

Como si la hubiera entendido, Jack empezó a mover la cola contento y la siguió. Todos se dirigieron hacia la puerta de la casa, que estaba ligeramente abierta. Rosie, que encabezaba la fila, empujó la puerta con cuidado. El chirrido de las bisagras retumbó por toda la sala. Ana notó cómo Violet reprimía un grito.

—Tranquila —le dijo—. Si vamos todas juntas, seguro que no pasa nada.

Violet se agarró a su brazo como respuesta.

Una vez estuvieron todos dentro, se dieron cuenta del segundo error de la noche.

—**¿Alguien ha traído una linterna?** —preguntó Ruby. Se hizo un silencio sepulcral—. En serio, chicas, somos las peores aventureras del mundo.

—Esto es lo máximo que puedo ofrecerles —contestó Violet.

De pronto se encendió una lucecita de color rosa. Era el collar de Lily. La perrita de Violet se entusiasmó al ver que era el centro de atención y pegó un ladrido que resonó por la habitación. No es que alumbrara mucho, y el disfraz de araña hacía que se proyectaran sombras raras, pero al menos podían hacerse una idea de dónde estaban. Y estaban en la sala de la casa.

Ana distinguía un sofá y varias sillas destartaladas por ahí. Una chimenea al fondo de la habitación. Un par de cuadros llenos de polvo en las paredes.

—¿De quién sería esta casa? —se preguntó Violet levantando a Lily en brazos para iluminar uno de los cuadros. En él aparecía una niña rubia.

—No lo sé, pero la niña se parece a ti. ¿Verdad?

¡CLONC!

Las chicas se quedaron con el alma en vilo. Los perros empezaron a ladrar a la nada. Rosie le quitó a Lily

de las manos a Violet y enfocó hacia la dirección de donde parecía proceder el ruido. Algo se cayó de la estantería.

—Parece un *cuencuo* —dijo Rosie con la peluca torcida del susto.

—Más que un cuenco parece un tazón —la corrigió Ruby.

—Lo mismo vivía aquí una familia con mascota —opinó Violet.

—¿Y cómo se ha caído? —preguntó Ana.

—Igual ha sido el viento —contestó Ruby intentando que Violet no saliera corriendo en cualquier momento.

Pero lo cierto es que no hacía viento dentro de la casa y el tazón parecía haberse caído solo. Un poco asustadas, salieron de la sala y aparecieron en el recibidor, donde había una escalera de madera que subía al segundo piso. Esta vez era Ruby la que llevaba a Lily como linterna.

—¿Quieren que subamos?

—No sé yo... Creo que he tenido bastantes sobresaltos por hoy —dijo Violet.

—Yo digo que sí. ¡Tal vez podamos ayudar a algún fantasma! —soltó Rosie sin ningún temor.

—Bueno, podemos subir algunas...

En ese instante, una sombra cruzó la pared de la escalera. Pasó tan rápido que ninguna vio qué era. Pero todas la vieron. Ana sintió cómo Violet le apretaba el brazo con tanta fuerza que pensó que se lo rompería.

—¿Lo vieron?—preguntó Violet con un hilillo de voz.

—¿Te refieres a la sombra que acaba de cruzar la pared de enfrente? —dijo Ruby sarcásticamente. Violet le echó una mirada furiosa—. Lo siento, yo también estoy un poco nerviosa.

—Decidido, hay que subir a ver qué hay ahí —ordenó Rosie.

—Pues no van a encontrar nada —dijo una voz.

—¡AAAAAAAH!

Violet salió corriendo sin pensarlo dos veces. Ruby intentó controlar a los perros, que empezaron a ladrar. Ana se quedó petrificada del miedo. Rosie enfocó con Lily hacia la voz que habló y la perrita le ladró al intruso con entusiasmo.

Era una chica.

Parecía tener unos quince o dieciséis años. Tenía el pelo largo y oscuro, y los ojos, verdes y rasgados. A dife-

rencia de ellas y de los perros, no iba disfrazada. Tenía el ceño fruncido y parecía muy enfadada.

—¿Qué hacen aquí? —preguntó con desdén.

—¿Qué haces tú aquí? **¡Se supone que es una casa abandonada!** —exclamó Violet, que había llegado corriendo hasta la esquina y se agarraba la trenza rubia como si fuera un arma.

—Me estoy ocupando de los habitantes de esta casa —dijo ella.

—¿Te refieres... a los fantasmas? —preguntó Violet en un susurro.

—**¡¿Fantasmas?!** —exclamó la chica sin entender. Fue entonces cuando encendió la linterna que llevaba en la mano y se detuvo a mirarlas detenidamente. «Qué pintas hemos de traer todos disfrazados», pensó Ana—. ¿Por eso se han colado en la casa?

—Pues sí —dijo Rosie dando un paso adelante—. Y no nos digas que no hay fantasmas. Un *cuencuo* se ha caído como por arte de magia ¡y hemos visto una sombra cruzar la pared!

—Ya veo... —dijo la chica, que parecía disfrutar con la situación—. Les enseñaré lo que han venido a buscar, pero tienen que dejar a los perros abajo.

Las chicas se miraron extrañadas, pero la curiosidad venció al miedo. La chica subió las escaleras decidida y Ana y las demás la siguieron. El piso de arriba estaba todavía más sucio que el de abajo, si eso era posible, y las paredes estaban descarapeladas. De una de las habitaciones salían ruidos extraños. La chica entró en ella.

—**Aquí tienen a sus fantasmas.**

Las chicas entraron temerosas en la habitación. Ana no sabía muy bien qué esperaba encontrar, pero ni entre sus más alocadas ideas habría imaginado que la casa estaría **llena de GATOS**. De gatos, juguetes, rascadores, comida y camitas.

—Pero... —empezó a decir Violet—. ¿Qué es esto?

—Es una colonia de gatos —explicó la chica.

—¿Una colonia? —se extrañó Rosie—. ¿Como un perfume?

La chica se echó a reír.

—Ojalá oliera como un perfume —dijo—. Una colonia es una comunidad de gatos, normalmente callejeros, que viven juntos.

—¿Y qué hacen todos aquí? —preguntó Ruby agachándose para acariciar a uno.

—Yo me encargo de ellos —contestó la chica—. Me di cuenta de que había muchos gatos callejeros que no tenían casa y que había una casa que no tenía gente, así que pensé que esta sería la solución perfecta. Aquí tienen todo lo que necesitan y nadie los molesta. Los gatos son independientes y no hay que interferir en sus dinámicas, yo solo les proporciono techo y comida.

—¡Qué buena idea! —exclamó Ana sumándose a sus amigas y acariciando a los gatitos. Eran al menos diez, de muchos colores y algunos aún eran cachorros.

—No quiero que haya animales abandonados en el pueblo —dijo la chica un poco triste—. Cuando veo alguno, le busco casa y, a los que no puedo ofrecerles casa, los traigo aquí temporalmente.

Las chicas estaban encantadas con la idea. Ahora se arrepentían de haberse colado en la vivienda de los gatos.

—¿Quiénes son ustedes? —preguntó la chica con curiosidad—. ¿Y cómo es que tienen tantos perros?

—Somos Ana, Rosie, Violet y Ruby —explicó Ana señalando a cada una de ellas—. Cada una tenemos un perro, pero yo, además, cuido de los de mis vecinos.

—¡Entonces también son amantes de los animales como yo! —dijo la chica—. Me llamo Lara Wang, por cierto, encantada.

—Igualmente —respondió Violet—. ¿Y la casa de quién es, entonces?

—No lo sé —respondió Lara—. Siempre ha estado así. ¿Por qué entraron?

—Nos dijeron que se oían ruidos extraños. Pensamos... —Rosie se detuvo. Ahora parecía una estupidez—. Que estaba encantada.

La chica volvió a reír.

—Claro, y como es Halloween, teníamos que venir a investigar, ¿no?

Las chicas sonrieron un poco avergonzadas.

—Sentimos haberte molestado —dijo Ana—. No teníamos ni idea de lo que estabas haciendo aquí. ¡Si no, te habríamos ayudado!

—Pues son bienvenidas siempre que quieran. ¡Aunque no sé si mis gatos se llevarán bien con tanto perro!

A la mañana siguiente, Ana fue a casa de la señora Robinson para contarle lo que hicieron la noche de Halloween. Cuando le contó lo que en realidad había en la casa encantada, puso los ojos como platos.

—¡Lara Wang! —exclamó—. ¡Tendría que haberlo imaginado! Siempre ha sido una enamorada de los animales. ¡En el campamento también rescataba a cualquier animal en apuros que se cruzara en su camino!

—Bueno, al menos ya sabe que no hay fantasmas —dijo Ana—. Solo son gatos.

—¡Pues vaya susto me llevé! Claro, ahora parece ridículo, pero de noche, pensando que la casa estaba vacía... ¿Y a ustedes quién les manda entrar? ¡Imagina si se llega a enterar tu madre!

Capítulo 8

El día que Rosie casi roba la Navidad

—¿Qué estás dibujando?

Ana echó un vistazo a la libreta de dibujos que Rosie llevaba siempre con ella. Llevaba toda la mañana ausente, haciendo garabatos en su libreta y sin prestar mucha atención a clase. Tampoco es que eso fuera nada extraordinario; Rosie solía pasarse el día dibujando. «Pero luego bien que aprueba», pensó Ana, que admiraba las calificaciones que sacaba Rosie sin aparente esfuerzo.

—Nada, solo es una tontería —dijo ella guardando la libreta.

Ana estaba a punto de insistir para que le dejara ver el dibujo, cuando llegó la señorita Tucker como un torbellino. «Por favor, que no sea un examen sorpresa», pensó Ana. La música no era su punto fuerte y no había estudiado nada de nada.

—Bueno, vamos a ver —dijo dejando las cosas sobre la mesa—. Me han comentado una cosa muy grave. ¡Y espero que no sea cierta!

Ana y Rosie se miraron sin entender.

—Según me comentan desde la cocina, **¡está desapareciendo comida!** —afirmó la profesora, que se colocó bien los lentes de media luna. Un murmullo generalizado recorrió la clase—. Sí, como lo están oyendo. Alguien se está dedicando a entrar a escondidas en la cocina para robar comida: salchichas, agua, pan...

Los niños se quedaron callados. La profesora Tucker estaba visiblemente enfadada.

—Si el culpable está en esta clase, y espero que no —matizó señalándolos acusadoramente—, quiero que venga a verme cuanto antes. Los demás, si saben algo, son bienvenidos a mi tutoría. Y espero que sea antes de las vacaciones de Navidad.

Volvió a escucharse revuelo entre los niños. Unos y otros soltaban teorías y se excusaban para no parecer culpables. Ana miró a Rosie.

—**¿Quién crees que será?**

—Quién sabe —dijo ella restándole importancia—. Alguno de los mayores, seguro.

—Pues qué tontería —respondió Ana—. Mira que ponerte a robar unas salchichas...

—Bueno, si las ha agarrado será por algo —dijo Rosie al instante—. O sea, tendría hambre, digo yo.

—Podría pedirlas. Seguro que Tina se las daba. O Ernesto. Los de la cocina siempre son muy amables y...

—¡Ana!

La señorita Tucker no estaba ese día para tonterías. Ana y Rosie se callaron y sacaron sus cuadernos de partituras. Hoy tocaba práctica. «El concierto que voy a dar va a ser de pena», pensó Ana con un suspiro.

A la salida de la escuela, Ana y Rosie se dirigieron juntas hacia la salida, donde normalmente las recogían sus padres. Cuando llegaron a la puerta, Rosie ahogó un grito.

—¡Se me olvidó la carpeta!

—¿Qué carpeta?

—Pues... ¡La de español!

—Bueno, te acompaño y vamos por ella.

—No, no —dijo Rosie rápidamente—. Vete tú, que tu padre te está esperando. ¡Luego nos vemos en el parque!

Ana la miró mientras se alejaba corriendo. Se encogió de hombros y se dirigió a la camioneta de su padre, que la esperaba con una caja de galletas con forma de árbol de Navidad. Su padre siempre preparaba dulces y pasteles, pero en las épocas de fiesta siempre acababa haciendo una cantidad exagerada.

—¿Al final te has decidido por las galletas con forma de árbol?

—No —dijo su padre ayudándola a subir—. No he podido elegir solo una forma —añadió señalando cuatro cajas de galletas con formas diferentes.

«No tiene remedio», pensó Ana sonriendo.

A las siete de la tarde, Ana enganchó a Jack en su perricinturón y agarró un puñado de galletas navideñas. Antes de irse, le echó un vistazo al árbol de Navidad, que ya tenía regalos debajo. Este año había más de la cuenta, ya que había regalos para ella y sus amigas. Por el camino, recogió a Lolita, a Dana y a Paul. Cuando aún no llegaba al parque, se encontró con Rosie, que venía corriendo con su querido grandulón danés.

—¡Hola! —la saludó Ana—. ¿Qué haces por aquí?

—Vengo... —se quedó callada un segundo—. Voy al parque, claro.

—¿Por esta calle?

—Este... Sí —dijo encogiéndose de hombros—. Quería variar un poco el paseo, para que Hamlet conozca otras zonas.

Ana no le dijo nada a su amiga, pero **estaba de lo más rara**. «¿No habrá hecho un amiguito por ahí?», pensó Ana sonriendo. Si era así, a Violet le iba a encantar la noticia. Ana fue por el camino pensando cómo tomarle un poco el pelo a Rosie con lo del amigo secreto, pero cuando llegaron al sitio de siempre, había dos nuevas incorporaciones a la pandilla. Y no eran perros.

Eran los padres de Rosie.

—¡Rosie Kido!

La madre de Rosie sacaba humo hasta por las orejas. Normalmente llevaba el pelo liso y bien peinado, pero seguramente vino con urgencia, porque lo llevaba todo alborotado. Su padre la miró con el cejo fruncido.

—¿Cómo se te ocurre robar?

Ana miró a Violet y a Ruby, que estaban detrás de ellos con sus perros. Violet se encogió de hombros para indicarle que tampoco sabía de qué iba todo aquello. Ruby observaba toda la escena con los ojos como platos.

—¡Vas a estar castigada una semana! —exclamó su madre.

—¿Una semana? **¡Suerte si sales en un mes!** —soltó su padre.

—Pero ¡si el viernes es Navidad! —intervino Ana sin saber muy bien por qué—. Estoy segura de que esto es un malentendido. Rosie no ha robado nada.

—¡Ni aunque fuera su cumpleaños! —dijo su padre más enfadado aún—. La atraparon las cámaras de seguridad con las manos llenas de comida. ¿Dónde se ha visto que una buena chica robe salchichas por ahí?

—¿Están seguros? —preguntó Violet nerviosa—. Igual se han confundido de chica. Yo conozco a una chica que es igualita a Rosie. Si no fuera porque está en mi escuela, creería que es ella, porque es que...

—Fui yo —dijo Rosie con un hilo de voz.

Un par de mechones negros le cayeron sobre la cara al mirar al suelo.

Todos se quedaron callados. Sus amigas la miraron con la boca abierta. **«No puede ser»**, pensó Ana. Sus padres se enfurecieron aún más.

—¡Quién me lo iba a decir! ¡Una hija ladrona! —lamentó su madre con dramatismo—. Ahora mismo nos vamos para casa. ¡Despídete de tus amigas por una buena temporada! ¡Y de la Navidad! ¡Y de los regalos!

Las chicas se quedaron sin palabras y simplemente se limitaron a observar cómo los padres de Rosie se la llevaban. Hamlet, como si supiera qué había pasado, se acercó a su querida Lolita y se despidió de ella con un lengüetazo. Rosie las miró un segundo antes de irse con ellos, agachó la cabeza y se fue. Sus amigas tardaron un par de minutos en reaccionar.

—Pero ¿qué locura es esta? —exclamó Ruby—. ¿Para qué iba a robar comida? ¡Si es la que menos come!

—Si me hubieran dicho que la has robado tú, pues... —empezó a decir Violet. Ruby se quedó mirándola con los ojos entrecerrados—. Vamos, ni aún así, aquí ninguna vamos por ahí robando.

—Aquí tiene que haber algo que hayamos pasado por alto, chicas —dijo Ana—. ¿Les ha contado algo especial estos últimos días?

—Para nada —contestó Ruby.

Violet negó con la cabeza.

—Pues hay que descubrir qué ha pasado —afirmó Ana poniéndose en pie—. No creo que Rosie sea una ladrona. **Y no pienso renunciar a la Navidad.**

El día de Navidad por la tarde habían acordado pasarla juntas. Los padres de Ana accedieron a acogerlas a todas en su casa, perros incluidos, para que merendaran juntas y abrieran los regalos.

—¿Y qué piensas hacer? —dijo Violet—. Sus padres están muy enfadados.

—Podríamos ir a la escuela —sugirió Ruby—. ¡Yo quiero ver esos videos!

Y con esa determinación, las chicas se pusieron en marcha. Ana enganchó a sus cuatro perros al perricinturón y sujetó la correa de Maxi con la mano. Era tan grande, que tenía que tener más espacio para moverse. Al empezar a caminar, Ana se tropezó con Paul, que estaba sentado a sus pies. Ruby le extendió la mano para que le dejara llevar alguno de los perros, pero Ana hizo caso omiso.

—**¡En marcha!**

Las tres chicas se dirigieron a la escuela, que estaba al otro lado del parque y casi al final del pueblo. El pueblo se esmeró mucho con las decoraciones. Había

luces por todas partes y en el centro de la plaza colocaron un árbol de Navidad gigantesco. A Ana le encantaba la Navidad y estaba decidida a pasarla con sus mejores amigas.

Cuando llegaron, a Ana le dolía la cadera de aguantar los jalones de los cinco perros que llevaba. Aun así, no se quejaba.

—Bueno, pues aquí estamos.

—Le hace falta una manita de pintura —dijo Violet echándole un vistazo—. Aunque es más grande que la mía, la verdad.

—A mí me gusta mucho —afirmó Ruby—. Además, hay un laboratorio supergenial y me dejan ir a practicar siempre que quiero.

—El sueño de cualquier niño —comentó Violet irónicamente. Ruby le sacó la lengua como respuesta—. ¿Quién tendrá los videos esos?

—Pues no sé...—dijo Ana pensativa—. Quizá la conserje, pero no está —añadió señalando la caseta donde normalmente estaba—. ¿Entramos a ver si la vemos por el pasillo?

—Adelante —repuso Violet con curiosidad.

Ana no sabía hasta qué punto estaba permitido entrar con los perros a la escuela, pero ya no había ningún profesor, así que entraron sin problemas. La escuela Wellington estaba decorada para la ocasión. Los niños pintaron tarjetas navideñas y había dibujos enormes de Santa Claus, árboles de Navidad y estrellas fugaces. Se adentraron por los pasillos en busca de alguna persona que les pudiera ayudar. No llegaban aún al comedor cuando escucharon un grito a sus espaldas.

—¡¿QUÉ ESTÁN HACIENDO?!

La conserje estaba en el otro extremo del pasillo. Tenía los brazos en la cintura y miraba muy enfadada a los siete perros que metieron a escondidas en la escuela.

—Perdone, señora Maverick —acertó a decir Ruby un poco atropelladamente. Les había dado un buen susto—. La estábamos buscando.

—¿Y necesitan siete perros para buscarme?

A Violet se le escapó una risita. La señora Maverick la miró con dureza. Era una mujer mayor, con el pelo canoso, siempre recogido en un chongo y unos lentes de pasta dura que le ocupaban casi toda la cara.

—Perdón —dijo Violet en un susurro.

—Señora Maverick, queríamos hablar de lo del robo —dijo Ana. Ella las miró sorprendida.

—Pero si ya hemos encontrado al culpable.

—Lo sabemos —dijo Ruby—. Dicen que es nuestra amiga Rosie, pero estamos seguras de que ella no ha podido ser. Es una buena chica.

—Lamento llevarle la contraria en este asunto, señorita Williams —dijo la conserje—, pero, en este caso, las pruebas son definitivas. En el video se ve claramente cómo la señorita Kido sale de la cocina con las manos llenas de comida.

—¿Podemos ver el video? —sugirió Violet.

La conserje le echó otra mirada furiosa. Parecía que Violet no le caía muy bien.

—Quizá se haya confundido —dijo Ruby. La conserje negó con la cabeza—. Por favor, señora Maverick.

La conserje resopló con todas sus fuerzas y les hizo una seña para que la siguieran. Se dirigían a la caseta que tenía en la puerta, desde donde solía vigilar todas las cámaras de la escuela. Era bastante pequeña, pero, de algún modo, las chicas consiguieron meterse junto con sus perros. Parecían sardinas en lata. Los perros pequeños se montaron sobre los grandes para no acabar apretujados. La señora Maverick apenas podía mover los brazos, pero encendió una de las pantallas y puso en marcha el video.

Las tres amigas pegaron la nariz a la pantalla para verlo con detalle. La cámara estaba colocada sobre una puerta de salida de la cocina. Se abre la puerta, aparece una niña con el pelo negro y liso. En el regazo lleva una barra de pan, una garrafa de agua y varios paquetes de salchichas. Cuando se cierra la puerta, se le cae uno de ellos. Se agacha, lo recoge y, al volverse a levantar, se le ve la cara perfectamente.

Era Rosie.

Era Rosie de verdad.

—Ya se lo dije —asintió la señora Maverick—. Yo no acuso a nadie si no estoy totalmente segura.

Las chicas salieron de la caseta cabizbajas. Si fue ella, no podrían defenderla.

—Pues sí que ha sido ella —dijo Violet poniendo palabras a lo que todas pensaban.

—No lo puedo creer —afirmó Ana.

—¿Se fijaron hacia dónde salió corriendo después de recoger las salchichas? —preguntó Ruby. Sus amigas negaron con la cabeza—. Cruzó las canchas. ¿No les parece raro que vaya hacia allí? Por ahí solo hay árboles.

—Igual hay algo más —dijo Violet con sus ojos azules abiertos de par en par.

Las chicas agarraron a sus perros y salieron corriendo en dirección a las canchas de básquetbol. Las cruzaron en un segundo y se quedaron mirando los árboles que estaban al otro lado. No parecía haber nada.

De pronto, se escuchó un crujido entre los árboles. Todos los perros se pusieron en alerta y empezaron a jalar en esa dirección. Las chicas se dejaron guiar.

Cruzaron un par de árboles, varios arbustos y...

—¿Eso es un cachorro? —soltó Violet.

Los perros se acercaron al cachorrito que se escondía tras un matorral y lo saludaron con el hocico. El pobre

estaba temblando y
aún no sabía cami-
nar muy bien. Ruby
lo tomó en brazos.

—Parece algún
cruce de pitbull.

—¡Es lindísimo! ¿Creen
que Rosie venía aquí? —preguntó Ana acariciándolo.

—Yo diría que sí.

A su derecha, Violet encontró un tazón con restos de
salchichas y otro con pan duro y agua. ¡Rosie estuvo ali-
mentando a un cachorro!

—Ahora sí me cuadra la historia —aseguró Ana, aliviada de que su amiga no fuera una ladrona de comida.
O sea, sí lo era, pero por una buena causa.

—Hay que avisar a sus padres.

Ruby se quedó con el cachorro en brazos y las chicas
salieron corriendo hacia la casa de Rosie. Estaban deseando que sus padres supieran la verdad y no pararon
ni un segundo. Ruby iba adelante, a una velocidad inal-
canzable; después la seguía Violet, que llevaba a Lily en
brazos; y luego estaba Ana, que las seguía como podía
con cinco perros que andaban cuando se les antojaba.

Cuando llegaron a casa de Rosie, llamaron al timbre
sin parar. La madre de Rosie abrió la puerta sobresaltada.

—Pero ¿qué es lo que pasa? —al verlas frunció el ceño—. Ah, no, Rosie está castigada hasta el fin de los tiempos. Así aprenderá a no robar en ningún...

Ruby levantó el cachorro en brazos y se lo puso en la cara.

—No estaba robando para ella. Intentaba alimentar a este cachorrito que encontró cerca de la escuela.

La madre de Rosie parpadeó varias veces. Se quedó mirando al cachorro, luego a las niñas, y luego al cachorro otra vez.

—**¡Rosie, ven aquí ahora mismo!**

La madre tomó el cachorro en brazos y se volvió hacia Rosie, que apareció tras ella con su pijama de Superman. Rosie abrió los ojos extrañada cuando vio a sus amigas en la puerta, pero casi se muere del susto cuando vio al cachorro en manos de su madre.

—¿Cómo han encontrado a **Hulk**?

—¿Lo has llamado Hulk? Pero si Hulk es ver... —fue lo primero que dijo Violet. Ruby le dio un codazo—. O sea, lo encontramos en la escuela, claro. **¿Por qué no nos lo habías dicho?**

Rosie bajó la cabeza.

—No sabía qué le pasaría al pobre Hulk si se enteraban en la escuela que estaba por allí suelto —dijo—. Es muy pequeño y no quiero que le pase nada.

Su madre, que aún no se recuperaba del giro de los acontecimientos, la abrazó con fuerza.

—Si lo llego a saber, no te habría castigado, tontita —le dijo con cariño.

—No quería que lo llevaran a una perrera —explicó Rosie con pena.

—¡Quién ha hablado de perreras! —exclamó Violet—. ¡Si conocemos a una chica que se hace cargo de animales abandonados! ¿O no, chicas?

Ana se acordó entonces de Lara Wang, que les dijo que siempre recogía a los animales abandonados que se encontraba y les buscaba un hogar.

—¡Lara seguro que le encuentra la mejor familia del mundo mundial! —exclamó Ana.

A Rosie se le iluminó la cara.

—La verdad es que ni se me ocurrió —afirmó medio avergonzada.

—Bueno, pues dame al pobre Hulk, que lo llevo a casa de esa tal Lara —le dijo su madre. Rosie torció el gesto.

—Mamá, ¿puede quedarse aquí esta noche? —su madre la miró extrañada—. Me gustaría pasar una noche con él para despedirme.

—Pues claro que sí —dijo su madre acariciando a Hulk—. Cuando se lo cuente a tu padre no se lo va a creer.

La madre entró en la casa y Rosie se quedó en el recibidor con Hulk en brazos.

—Muchas gracias, chicas —soltó—. No sé quién le habría dado de comer estos días.

—La próxima vez tienes que contárnoslo —le reprochó Ruby—. **Cuatro cabezas piensan más que una.**

—Sobre todo si esa una piensa que la mejor solución es ponerse a robar salchichas de la cocina de Ernesto —le dijo Ana sonriendo.

—Y pan duro.

—Y una garrafa de agua.

—Durante cuatro días seguidos.

—Bueno, bueno —atajó Rosie—. No más secretos.

—**No más secretos** —dijeron las otras tres a coro.

La madre de Rosie le levantó el castigo con efecto inmediato y, el día de Navidad, estuvieron todas juntas. Comieron todo lo que el padre de Ana les puso por delante y, luego, siguieron comiendo un poco más. Cuando sus estómagos amenazaron con estallar, se dispusieron a abrir los regalos. La montaña había crecido considerablemente desde el día anterior.

Las chicas agarraron cada una su regalo. Rosie, impaciente, rompió sin miramientos el papel de regalo y, cuando vio un cómic de sus amados superhéroes, abrazó con fuerza el libro. Luego le tocó el turno a Ruby, que pegó un grito cuando vio lo que Santa Claus le llevó: ¡un microscopio! Violet abrió con cuidado su regalo y casi se le saltan las lágrimas al ver una pulsera con la palabra «Amistad» grabada en ella.

Ana ya no podía esperar más y apenas dejó que Violet se pusiera la pulsera tranquila. Agarró su regalo y lo abrió de un jalón. Era un cuadro enorme, con una fotografía de ellas cuatro con todos sus perros. La abuela Stanford les tomó una foto el día de Halloween y todos salían disfrazados.

—Qué pintas traíamos —dijo Rosie negando con la cabeza.

A Ana le encantaba.

Pero seguía quedando un regalo bajo la montaña del árbol de Navidad. Parecía una caja de zapatos y Ana lo zarandeó un poco. Sonó como si tuviera muchas cosas pequeñas dentro. Arriba, Santa Claus escribió: «Para mis amigos peludos».

—¡Les llevó regalos a los perros!

Las chicas abrieron juntas la caja y dentro encontraron un regalito para cada uno de sus perros. Eran galletas perrunas con forma de huesito. Cada una llevaba escrito el nombre del perro correspondiente. Los perros se acercaron, atraídos por el olor de las galletas.

—No se preocupen, Santa Claus no se olvidó de ustedes —dijo Ana, mientras le daban a cada uno su regalito navideño.

Capítulo 9

Un San Valentín de perros

Era un día como otro cualquiera. Ana volvió de la escuela y se puso a hacer tarea. A las siete, se puso el perricinturón, enganchó a Jack y fue en busca de sus perritos.

Era un día normal, pero Ana no sabía que acabaría siendo un completo desastre.

Todo empezó con el paseo perruno. Primero, Ana fue por Lolita, luego por Dana, después por Paul y, por último, cuando llegó al parque, fue en busca de Maxi. Ana no sabía si era por el perricinturón, por el buen tiempo o por ser viernes, pero los perros se comportaron relativamente bien durante el paseo. Sin embargo, cuando tienes cinco perros a tu cargo, nunca se debe bajar la guardia, porque nunca sabes cuál de ellos será un problema.

Al cabo de un rato llegó donde siempre quedaba con sus amigas, que ya estaban allí con sus perros. Ana las vio y sonrió a modo de saludo. Iba tan confiada con los perros, que ni siquiera prestaba atención a lo que hacían. Así que no se fijó en el gato que se cruzó por delante de Jack. Ni se dio cuenta de que Jack se preparaba para salir en su busca. Tampoco notó que Paul tenía la intención de seguir a Jack adonde quiera que fuera. Y, por supuesto, no pensó que Dana se animaría a correr con todas sus fuerzas. Para cuando Ana se dio cuenta de lo que podía suceder, Jack, Paul y Dana ya iban a toda marcha por el parque, arrastrando a Ana, Maxi y Lolita consigo. El gato estaba justo detrás de donde estaban sus amigas. Jack y sus compañeros de carrera no se dieron cuenta de que había una valla de por medio y que no lo iban a poder atrapar ni aunque se dejara.

—¡Ana, cuidado! ¡Ana, Ana! —gritaron sus amigas.

Ana se acercaba peligrosamente hacia ellas, con cinco perros desbocados y sin poder controlar a ninguno de ellos. Sus amigas se levantaron corriendo, en un intento de ponerse a salvo, tanto a ellas mismas como a sus perros. Pero no fueron suficientemente rápidas.

Como vio que la valla serviría de protección contra el gato, Ana soltó las correas de los tres perros que lo perseguían. De la fuerza con la que iban, Ana tropezó y acabó rodando por el césped junto a Lolita. Y no fueron las únicas.

Maxi, que no estaba acostumbrado a correr ni a seguirle el ritmo al resto de perros, también fue a parar al suelo. Con tan mala suerte, que cayó encima de Rose. A Ruby no le dio tiempo de apartarla del camino. Y Maxi pesaba más de 60 kilos.

Todas ahogaron un grito al escuchar el gemido de Rose. Ana corrió para apartar a Maxi, pero este también se dio cuenta de lo que pasó y se levantó con delicadeza. Se acercó a Rose y le lamió la cara, como pidiéndole perdón por aplastarla. Rose seguía gimiendo en voz baja.

Ruby se acercó para ver qué le pasaba a Rose. Le movió las patas delanteras, pero no parecían lastimadas. Le tocó una de las patas traseras y tampoco. Cuando le estiró la pata trasera izquierda, Rose soltó un aullido.

—**Creo que tiene la pata rota** —murmuró Ruby preocupada—. Rosie, ¿puedes ir a buscar a mi padre? Prefiero no mover a Rose.

Rosie asintió y fue corriendo con Hamlet hasta la clínica veterinaria del otro lado del parque. Violet se acercó a Rose y la acarició para que se calmara un poco. Ana no sabía qué hacer. Por su culpa, Rose se hizo daño.

—Lo siento mucho, Ruby —alcanzó a decir con un hilo de voz.

—Está bien —dijo ella a regañadientes.

—Déjame que te ayude a llevarla —se ofreció Ana.

—No.

Ruby contestó de forma tan tajante que Ana dio un paso atrás. Estaba muy enfadada.

—De verdad que lo siento —repitió Ana—. No ha sido mi intención, es que se han echado a correr y no sabía...

—¡Es que siempre te pasa igual! —estalló Ruby—. Llevamos ofreciéndote nuestra ayuda desde el principio, pero no quieres que te echemos una mano —Ana se quedó en silencio—. Sabes que no puedes con todos y aun así te niegas a compartir la carga, **¡sin pensar en las consecuencias!**

Se hizo un silencio sepulcral. Ana notó que los ojos se le llenaban de lágrimas. Violet las miró a las dos, pero no supo qué decir.

—Ruby, tu padre ha llegado.

El padre de Ruby entró en el parque deprisa. Le hizo a Rose el mismo reconocimiento que le había hecho

Ruby y llegó a la misma conclusión. Sin decir una palabra, tomó al perro en brazos y se dirigió hacia el coche. Ruby lo siguió sin dudarlo.

Violet miró a Ana, que estaba apartada sin decir ni una palabra. Miró a Ruby y a Rosie mientras subían en el coche. Parecía estar indecisa entre a quién debía apoyar en esta causa. Sin embargo, el aullido que soltó Rose al meterla en el vehículo hizo que saliera corriendo junto con las demás con Lily en brazos.

Ana vio a sus amigas alejarse en el auto y las lágrimas empezaron a correr por sus mejillas. Y una vez que comenzó, ya no pudo parar. Se sentó en el suelo y lloró con todas sus fuerzas hasta que no le quedó ni una lágrima. Cuando levantó la cabeza, vio que sus cinco perros la rodeaban en silencio, como si quisieran cuidarla de algún modo.

Pero no eran los únicos que estaban junto a ella. Ana vio unos tenis y cuatro patitas rubias delante de ella.

Levantó un poco más la cabeza. El chico misterioso y Jones la miraban con una mezcla de preocupación y tristeza.

—Vimos lo que pasó desde allí —explicó el chico—. ¿Te importa si me siento a tu lado?

Ana negó con la cabeza y el chico se sentó. Los perros se quedaron tal y como estaban, rodeando a Ana y sin moverse. Ni siquiera Jack, al que siempre le encantaba jugar con Jones. «Es verdad lo que decía Rosie; los perros reaccionan a tu estado de ánimo», recordó Ana.

—Estoy seguro de que la perra no tiene nada grave —intentó consolarla el chico—. Además, ese hombre es mi veterinario y es el mejor de todos los tiempos.

Ana no respondió. Se sentía tan mal que se quedó sin palabras. «Si le pasó algo grave a Rose, no me lo perdonaré nunca», se repetía una y otra vez.

—Tu amiga estaba muy enfadada —no era una pregunta—. Pero te perdonará. **Los amigos siempre se perdonan.**

—Ruby tiene razón y todo el derecho del mundo a enfadarse —consiguió decir Ana, aunque le temblaba la voz—. Si alguien le hiciera daño a alguno de mis perros, no se la acabaría.

—Pero no lo has hecho queriendo —dijo el chico—. ¿Qué culpa tienes tú de que los perros persigan a un gato? ¡Es lo más normal del mundo!

—Podría haberlos sujetado —argumentó Ana—, podría haber ido por otro lado, podría haberlos soltado antes...

—¡Ha sido un accidente! —la interrumpió el chico—. De todas las cosas que he visto, solo deberías aprender de una.

Ana lo miró con curiosidad.

—**Deberías haber pedido ayuda a tus amigas.**

Ana suspiró.

—¡No quiero dejar de pasear a los perros! —dijo Ana angustiada—. Si los dueños ven que no soy capaz de hacerme cargo de ellos, ¿por qué iban a dejar que los paseara?

—No pienses en esta tarea como algo solo tuyo —le dijo el chico mientras acariciaba la cabeza de Paul, que estaba a su lado—. **Piensa que son un equipo, un equipo que pasea perros juntas.**

«El club de las paseadoras de perros», pensó Ana, recordando el día en que estuvieron todas juntas por primera vez. El día que fueron a la clínica veterinaria del padre de Ruby. Cuando Lolita se comió un trozo de labial. «Entonces solo tenía dos perros a mi cargo y aun así ya tenía problemas».

El chico misterioso la miró de reojo, pero Ana seguía sumida en sus propios pensamientos.

—Bueno, Jones —el perro levantó las orejas, atento—. Creo que hay aquí una chica que necesita una dosis de entretenimiento doble.

El chico misterioso y Jones se pusieron en pie y se colocaron frente a Ana, que los miró con curiosidad. El chico sacó un libro de su mochila y Jones se sentó muy serio junto a él.

—Buenas tardes, señoras y caballeros —dijo el chico como si se estuviera dirigiendo a una gran multitud—, y señorita —añadió sonriendo a Ana—. Bienvenidos al taller de cuentacuentos de Justin y Jones, Jones y Justin.

«Por fin sabemos su nombre. Violet se pondrá contenta», pensó Ana. Sintió tristeza al pensar que quizá sus amigas no quisieran hablarle nunca más, pero siguió atendiendo a Justin y a Jones.

—Hoy los vamos a deleitar con la historia de... ¡Pinocho!

Ana se quedó con los ojos muy abiertos. **«¿Me va a contar un cuento?»**. Ana no entendía nada, sin embargo, no podía apartar la mirada de esos dos cuentacuentos tan peculiares. Y parecía que con los perros surtía el mismo efecto. Los cinco se quedaron quietos mirando el espectáculo. Justin empezó con su historia.

—Geppetto era carpintero y tenía gran talento. Además de los encargos que le pedían, dedicaba mucho tiempo a su creación favorita: un muñeco de madera —Justin señaló a Jones, que estaba muy quieto, como fingiendo ser ese muñeco de madera—. Una noche, un hada madrina quiso hacer su sueño realidad, y convirtió al muñeco de madera en un niño de verdad —Justin le dio un toquecito a Jones en el hocico. El perro empezó a moverse, como si hubiera cobrado vida en ese mismo instante.

Ana comprendió lo que estaba pasando y se quedó con la boca abierta. ¡Estaban interpretando el cuento juntos! ¿Cómo habría conseguido que Jones se aprendiera los movimientos que tenía que hacer? Bueno, después de haber visto lo que Ruby era capaz de llevar a cabo con Rose, no debería sorprenderse tanto. Ana volvió a sentir tristeza solo con pensar en su amiga, pero se obligó a concentrarse en el espectáculo de Justin.

—¡Y entonces la enorme ballena se los tragó a los dos! —Justin cerró los brazos como si se tratara de la boca de la ballena y el labrador empezó a rodar sobre sí mismo en el suelo, simulando el agua y el movimiento dentro de la ballena—. Cuando llegó al estómago, su padre estaba allí —Jones corrió hacia su dueño y se dieron un profundo abrazo de reencuentro—. Pinocho le pidió perdón a su padre por todas las travesuras que hizo y su padre lo perdonó —el perrito mantenía la cabeza agachada, haciéndose el arrepentido. Justin le acarició la cabeza y le dio un beso—. Pero ¡debían salir de allí! Juntos, idearon una forma para hacer que la ballena los expulsara: ¡un buen estornudo!

Durante los minutos siguientes, los dos extraños cuentacuentos hicieron el resto de la trama con movimientos, ruidos y gestos exagerados. Ana se rio más de una vez. Vio cómo rodaban por el suelo, cómo fingían que nadaban... ¡Tenían hasta una nariz larga para ponérsela cuando mentía! El aspecto de Jones con ella era ridículamente gracioso y a Ana le encantó. Cuando terminó el espectáculo, aplaudió con fuerza.

—Gracias, gracias —dijo Justin haciendo una reverencia teatral.

Jones lo imitó agachando la cabeza como su dueño.

—¡Ha sido fantástico! —exclamó Ana cuando los dos volvieron a su lado—. ¿Cómo has enseñado a Jones a hacer esas cosas?

—Pues con mucha paciencia —repuso Justin dándole una chuchería a Jones por su buena actuación.

—¿Y cómo se te ocurrió montar este teatro? —preguntó Ana.

—En realidad no fue idea mía —respondió Justin—. Cuando era pequeño, era tan tímido que no era capaz de hablar con nadie —Ana entendió lo que decía. A ella también le había pasado—. Mi padre pensó que era buena idea apuntarme a teatro, pero como era el nuevo, tampoco hice muchos amigos.

—¿Y entonces qué pasó?

—Jones —respondió enigmáticamente—. Jones me acompañó un día a clase de teatro y, al ver que no quería participar ni hacer los ejercicios, se puso a hacerlos él. Como podía, claro.

—¿Lo dices en serio? —Ana abrazó fuerte a Jones.

—Así es —afirmó Justin—. Desde entonces viene conmigo a la biblioteca todos los viernes y le contamos cuentos a los más pequeños. A ellos les fascina ver un perro haciendo cosas y a él le encanta hacer feliz a la gente.

—¿Y tú? —preguntó Ana.

—Yo he descubierto mi afición por el teatro ¡y ya puedo hablar con la gente! —exclamó satisfecho—. Además, me encanta estar en la biblioteca. A veces me dejan rebuscar en los archivos y se encuentran cosas de lo más interesantes.

«Ese sí que es un final feliz y no los de los cuentos», pensó Ana. Estaba a punto de pedirle que contara otro cuento, cuando de repente empezó a llover. Y no cuatro gotas, no; parecía que alguien estaba descargando cubetas de agua sobre ellos.

Ana y Justin se pusieron en pie rápidamente. Tenían que atar a todos los perros y llevarlos a sus casas. O al menos a algún lugar con techo.

—¡Vayamos a casa del señor Carter! —gritó Ana por encima del ruido de la lluvia. Un trueno sonó a lo lejos—. ¡Vive en el parque!

Justin asintió y ató a Jones. Luego agarró a Lolita y la metió en su mochila. Ana empezó a atar al resto de los perros al perricinturón, pero cuando iba a ponerse el tercero, Justin la paró y la miró con una ceja levantada.

—¿Me dejas que te ayude?

Ana dudó un segundo. Estuvo a punto de soltar un «no» por costumbre. Luego se acordó del incidente de esa misma tarde y asintió.

—¿Podrías llevar tú a Maxi? —le preguntó.

Justin sonrió de oreja a oreja.

—¡Pues claro!

De esa forma, Justin llevaba a Jones y a Maxi, uno en cada mano, y a Lolita en la mochila. Ana podía llevar a Jack, Paul y Dana. Ana echó un vistazo. «La verdad es que así es todo más fácil», pensó sintiéndose un poco boba.

—¡En marcha! —gritó empezando a andar bajo la lluvia con paso decidido. La casa del señor Carter no estaba muy lejos, así que solo tenían que cruzar el parque. Una vez allí, podrían esperar a que la lluvia parara un poco...

—¡Ana! ¡Espera!

Ana se volteó confundida. Pensaba que Justin iba a su lado; sin embargo, el chico se quedó exactamente donde estaba. Ana veía que movía los brazos y el cuerpo sin parar, pero por alguna razón no caminaba. Ana miró sus pies.

—**¿No puedes moverte?** —preguntó mientras volvía adonde estaba el chico.

—¡Se me metió el lodo hasta la espinilla! ¡No puedo moverme! —exclamó Justin, que empezaba a agobiarse por momentos.

Efectivamente, tenía los pies enterrados en el lodo, hasta los tobillos y, cuanto más se movía, más se hundía en él. Si seguía moviéndose le llegaría el lodo a las rodillas. Ahora llovía a cántaros.

—Justin, deja de moverte —le ordenó Ana intentando poner en orden sus pensamientos—. Te estás hundiendo cada vez más —le señaló el barro arremolinado junto a sus piernas. El chico se quedó como una estatua—. Agárrame las manos. Voy a jalar con todas mis fuerzas para sacarte de ahí.

Justin extendió las manos y Ana se las sujetó con fuerza.

—Una, dos ¡y tres!

Ana empezó a jalar hasta ponerse roja del esfuerzo. Le empezaron a sudar las manos. Intentó clavar los pies en el suelo para tomar impulso, pero todo estaba enlodado y acabó resbalándose y cayéndose de boca.

Ana se levantó rápidamente. Tenía toda la ropa llena de lodo, los brazos, la cara... Estaba cubierta de fango. «Qué alegría se van a llevar en casa».

Y lo peor: Justin seguía justo en el mismo sitio que antes.

—¡No vas a poder sacarme! —le advirtió Justin—. Será mejor que vayas a buscar ayuda —Ana frunció el ceño. Ya eran bastantes derrotas por hoy.

—Te voy a sacar yo sola ¡como que me llamo Ana Ramírez!

Ana soltó a Maxi y a Dana. Eran los perros más fuertes que tenía. Si ellos no podían sacar a Justin, iban a tener que llamar a una grúa. Después, buscó un palo por los alrededores. Sin embargo, el suelo estaba tan lleno de lodo y llovía tan fuerte, que no era capaz de ver nada. Se acercó a Paul y a Jack.

—¡Necesito un palo! —les dijo. Ellos la miraron sin saber muy bien qué les estaba pidiendo—. Jack, Paul, miren, ¡un palo!

Ana hizo como que jalaba un palo invisible hacia delante y los dos perros se lanzaron a buscarlo. A los dos minutos, volvieron cada uno con un palo.

—¡Así se hace! —los felicitó Ana.

Ana le dio a Justin los dos palos. El chico los agarró, pero se quedó mirándolos confundido.

—¿Qué hago con esto?

—Dejar que te saquen de ahí —respondió Ana. Llamó a Maxi y a Dana y los puso frente a Justin—. Haz que jueguen con los palos. Su juego favorito es jalar.

—¿Jalar? —se extrañó Justin.

—No les gusta correr en busca de palos —Ana se encogió de hombros—. Les gusta jugar a jalar de los extremos de los palos y ver quién gana.

Justin asintió y comprendió la idea de Ana. Se puso a agitar los palos en el aire para que Maxi y Dana se fijaran en ellos. Los dos perros se lanzaron por ellos.

Maxi por la derecha y Dana por la izquierda. Los dos jalaron con todas sus fuerzas de los palos. Justin se dejó hacer y Ana observó cómo poco a poco le iban saliendo los pies del lodo.

—¡Bien! —exclamó cuando Justin cayó al suelo de rodillas, totalmente liberado—. Casi me arrancan los brazos —se quejó con la respiración entrecortada.

—Pero te han sacado, ¿no? —dijo Ana orgullosa de sí misma—. ¡Vámonos ya!

Los chicos volvieron a atar a los perros y se fueron corriendo (esta vez sí) hasta la casa del señor Carter. El señor Carter casi se muere del susto cuando vio a seis perros y dos niños cubiertos de lodo, hierba y empapados de arriba abajo, pero los dejó pasar enseguida.

—¿Me quieren explicar qué ha sucedido? —preguntó mirando los restos de lodo que dejaban al moverse por la sala.

—La lluvia nos agarró en el parque... —empezó a explicar Ana.

—Y entonces me quedé atrapado en el lodo... —continuó Justin.

—¡Y Maxi se portó como un campeón!

—Si no fuera por él y por Dana, todavía seguiría hundiéndome en el lodo.

—Bueno, y por Jack y Paul que encontraron dos buenos palos.

El señor Carter los miraba de hito en hito intentando seguir la historia. Cuando terminaron, se quedó en silencio un momento.

—¿Quieren un chocolate caliente?

El señor Carter les dejó usar su teléfono mientras él preparaba el chocolate. Ana tuvo que llamar uno por uno a todos los dueños de los perros para que vinieran a recogerlos. Luego, Justin llamó a su padre.

Los respectivos dueños aparecieron por casa del señor Carter. Ana les pidió perdón a todos, pero ninguno se lo reprochó.

—Cariño, te pedimos que te hagas cargo de nuestra perrita, no del tiempo —le dijo con afecto uno de los señores Collins.

—Siempre he querido saber cómo sería tener una perrita de color marrón —soltó la señora Robinson agarrando a una Lolita llena de lodo—, ¡y ahora ya lo sé!

—De todas formas, ya le tocaba ir a la perruquería —comentó la señorita Tucker—. ¡Tiene las uñas que parecen garfios!

Sus padres llegaron acalorados, como si hubieran venido corriendo. Y eso que Ana les dijo que no era una emergencia.

—¿Qué pasó? ¿Están todos bien? —preguntó su padre.

—Me extrañó que no llegaras antes, pero pensaba que estarías entretenida con los perros —dijo su madre.

Los dos le dieron a Ana un abrazo que casi la deja sin respiración.

—Ya les dije que no pasó nada —aseguró Ana—. Solo nos agarró la lluvia.

—Y el lodo —añadió Justin.

—Van a necesitar un buen baño —comentó su padre con los brazos en la cintura mirando a Ana y a Jack—. Vámonos antes de que se seque y sea peor. Señor Carter, muchas gracias por acogerlos en su casa.

—¡No hay de qué! —exclamó este—. Siempre es un placer acoger a las ovejas perdidas del rebaño.

Ana sonrió al adorable anciano. Parecía un poco loco, pero tenía buen corazón. Antes de irse, se acercó a Justin.

—Siento todo este embrollo —admitió en voz baja—. Espero que tus padres no te echen bronca.

—No te preocupes —dijo él—. Además, yo me la pasé muy bien. ¿Tú no?

—Casi has conseguido que se me olvide el incidente de esta tarde.

—Oye —le dijo Justin muy serio—. Pídele perdón cuando la vuelvas a ver. Ya verás, te perdonará. Seguro.

Ana sonrió por su optimismo. Ella no lo tenía tan claro. La familia se metió en el coche y se fueron rumbo a casa. En ese momento, Ana se dio cuenta de que olía a perfume. El bueno. El que su madre se ponía en ocasiones especiales.

—Mamá, ¿te has puesto el perfume bueno para venir a recogerme?

—¡Claro que no! —dijo su madre—. Sabes que este perfume solo lo uso cuando la ocasión lo requiere. **Y hoy es san Valentín.**

Ana se sorprendió al escucharlo. Ni siquiera se acordaba del día que era. Ana sonrió a la nada. Si era San Valentín, ¿podría decirse que había tenido una primera cita con Justin?

Capítulo 10
El cumpleaños sorpresa

Al día siguiente, Ana no quiso ir al parque con los perros. En realidad, no sabía si sus amigas habían ido o no, pero aun así recogió a sus cuatro perros habituales y los metió a todos en el jardín de detrás de su casa para que jugaran entre ellos y con Jack.

Ana sabía que tenía que pedirle perdón a Ruby, claro. No solo tenía que disculparse por lo que le pasó a Rose, sino que también tenía que darle la razón por no haber pedido ayuda antes. Pero **no sabía cómo hacerlo.** Le daba vergüenza pedir perdón y reconocer que se equivocó.

Su madre de vez en cuando la miraba desde la ventana. Se asomó un par de veces, como si quisiera decirle algo, pero al final volvió a entrar sin comentarle nada. Ana estaba esperando el momento en el que le preguntara qué pasó y por qué no estaba en el parque. Y ese momento llegó. La puerta del jardín se abrió.

«Por favor, por favor, que no haga muchas preguntas», pidió Ana para sí misma. Pero en la puerta no estaba su madre, sino Violet y Rosie.

—Así que es aquí donde te has escondido, ¿no? —dijo Violet con los brazos cruzados—. Te estuvimos buscando en el parque.

—La pandilla perruna tiene que estar unida —aclaró Rosie. Violet negó con la cabeza al oír ese nombre—. Y Hamlet necesita ver a sus amigos. Sabes que le encanta que Lolita lo jale de las orejas.

Ana sonrió al ver a sus amigas, pero se dio cuenta de que Ruby y Rose no venían con ellas.

—No, no está aquí —le dijo Violet como si hubiera adivinado sus pensamientos—. Rose tiene la pata rota y necesita reposo unos días.

Ana miró al suelo avergonzada.

—**Vamos, no pasa nada** —dijo Rosie intentando consolarla—. Fue un accidente. Ruby lo sabe. Te conoce.

—Sí, pero por mi culpa Rose tiene una pata rota —admitió Ana—. Por no pedirles ayuda casi mato a alguien.

—Vaya —exclamó Violet sorprendida—. ¿Eso significa que a partir de ahora nos vas a dejar ayudarte con los perros? —Ana asintió—. ¿Seguro que vas a confiar en nosotras?

—Pero ¡si siempre he confiado en ustedes! —exclamó Ana—. No quería que los dueños pensaran que no podía hacerme cargo de ellos y que no me dejaran pasearlos.

—Todo el mundo está encantado con que pasees a sus perros —le dijo Rosie—, pero cinco perros son muchos y tú solo tienes dos manos.

—Lo sé —admitió Ana por fin—. ¿Qué puedo hacer para que Ruby me perdone?

—Pues mira, para eso hemos venido —soltó Violet con una sonrisa de oreja a oreja—. No sé si te acuerdas, pero el sábado que viene es su cumpleaños.

—¿De verdad?

—Así es —continuó Rosie—. Ella tenía pensado hacer una merienda en su casa y un no sé qué. Pero Violet y yo hemos decidido que no.

—¿Que no qué?

—Que vamos a hacer algo mejor —terminó Violet triunfante.

Las chicas lo tenían todo planeado. Iban a dejar creer a Ruby que su cumpleaños sería esa merienda en su casa con unos cuantos amigos. Mientras tanto, iban a planear una **fiesta sorpresa** a sus espaldas, que se celebraría en el jardín de casa de Ana.

—Como ahora mismo están un poco «regular» —dijo Violet intentando ser cuidadosa—, no creo que venga aquí.

A Ana le dolió un poco esa afirmación, pero tenía razón. Ruby no iba a venir a su casa y era la coartada perfecta para poder organizar la fiesta tranquilamente. Era el momento de demostrarle a Ruby lo mucho que lo sentía.

—Estupendo —dijo Ana cuando le contaron la idea—. ¿Qué necesitamos?

Y cielos, **vaya si necesitaban cosas.** Violet se había autoproclamado diseñadora de la fiesta y tenía toda una temática preparada. La temática no podía ser otra: perros. Para que su plan funcionara, iban a necesitar ayuda. Mucha.

En primer lugar, tenían que conseguir un pastel.

—Eso es fácil —dijo Ana rápidamente—. Mi padre es pastelero.

—Lo sabemos —asintió Violet—. ¿Crees que podrá hacernos este pastel?

Rosie sacó un papel doblado de la mochila. Era un dibujo que hizo ella misma. En él aparecía un pastel enorme, parecía de nata y vainilla, y tenía figuritas encima. Ana se fijó bien. Las figurillas eran ellas. Ellas y los

perros, claro. Ana no estaba segura de si su padre podría encargarse de algo tan detallado, pero fue en su busca.

—Oye, papá —le dijo como quien no quiere la cosa—, ¿tú sueles hacer pasteles con figuras?

—¡Pues claro! —contestó su padre encantado—. Hacer figuras es muy divertido. Creo que he hecho de todos los personajes de dibujos animados del mundo. También de personas. En las bodas se ponen muñecos que representan a los novios...

—¿Sabría usted hacer esto? —preguntó Rosie impaciente.

Le puso el dibujo en la nariz. El padre de Ana lo miró con atención. Lo pensó detenidamente. Le dio varias vueltas al dibujo.

—Es para el cumpleaños de Ruby —le explicó Violet.

—Sí —respondió su padre tras unos segundos.

—¿De verdad? —preguntó Ana emocionada.

—¿Alguna vez te he mentido? —dijo su padre levantándose. Ana negó con la cabeza—. Ahora mismo voy a empezar a preparar las cosas. ¡Ruby va a tener el mejor pastel de cumpleaños que se haya visto jamás!

Su padre salió de la habitación y empezó a rebuscar cosas en la cocina. Ana parecía satisfecha. Quizá no se le daban muy bien las palabras, pero Ana le iba a demostrar a Ruby lo mucho que le importaba con esta fiesta. **¡Tenía que salir perfecta!**

—¿Qué más necesitamos? —preguntó Ana mirando de reojo la lista de Violet.

—Muchas cosas —contestó ella—. He hablado con mi madre y se hará cargo de traer un par de mesas grandes para la merienda.

—Tiene que haber mucha comida —dijo Ana—. Ya saben cómo le gusta comer a Ruby. Tiene que ser un festín.

—Cierto —coincidió Rosie—. También hay que buscar algo de decoración.

—Sí, hay que alegrar el jardín —dijo Violet.

—¡Oye! —exclamó Ana haciéndose la ofendida.

—O sea, no es que esté mal —rectificó Violet—. Pero hay que darle un ambiente más cumpleañero.

—¿Y eso cómo se consigue?

—Guirnaldas, globos, serpentinas, manteles...

—¿Dónde se compra eso? —la interrumpió Ana.

—En la tienda de Federica Tinelli —dijo Violet como si fuera obvio—. Tranquilas, que de eso me encargo yo. Solo nos faltaría la comida.

—¿Conocemos a alguien que sepa cocinar? —se preguntó Rosie. Apenas terminó de decir la pregunta cuando la señora Robinson apareció por el jardín.

—¡Miren lo que les traigo! —gritó blandiendo en el aire algo que parecían cuerdas—. ¡Les va a encantar!

—¿Qué es, señora Robinson? —preguntó Violet.

—Bueno, he pensado que Ana necesitará ayuda con su boyante negocio de paseadora, así que les he hecho uno para cada una.

La señora Robinson les dio a Rosie y a Violet un cinturón igual que el que le había hecho a Ana, aunque de diferente color.

—**¡Qué increíble!**

—¡Es muy bonito!

La señora Robinson sonrió satisfecha. Luego miró a su alrededor.

—¿Y Ruby? —preguntó extrañada agitando el perri-cinturón que le quedaba en la mano.

Ana miró al suelo sin saber qué decir.

—Le estamos preparando una fiesta sorpresa —intervino Rosie, que notaba a su amiga inquieta—. Estamos ultimando detalles.

—Vaya, ¡qué emoción! —exclamó la señora Robinson—. ¿En qué les puedo ayudar?

—Bueno, ya tenemos encargado el pastel, las mesas y yo iré por la decoración —explicó Violet.

—Nos falta la comida —dijo Rosie—. La haríamos nosotras, pero no tenemos ni idea de cocinar.

—¡Entonces me encargo yo! —Ana abrió muchos los ojos. Todavía se acordaba del incidente de las galletas quemadas—. He estado practicando, lo prometo —añadió.

—¿Podría encargarse de hacer algunos dulces o bocadillos? —le preguntó Violet—. Algo simple, pero en mucha cantidad, que Ruby come un montón.

—¡Hecho!

La señora Robinson se fue corriendo hasta su casa. Bueno, corriendo era la intención, pero como todavía estaba cojeando, tampoco es que pudiera ir demasiado deprisa. Las chicas se miraron satisfechas. **¡El gran día estaba cerca!**

El día del cumpleaños de Ruby, Ana apenas pudo dormir. Estaba nerviosa porque quería que todo saliera bien y que Ruby la perdonara. ¡La fiesta tenía que ser perfecta! Sin embargo, como Ana aprendería a lo largo del día, en la vida no hay nada perfecto.

Después de la escuela, Ana recogió a todos los perros de los que se encargaba, y Rosie y Violet se fueron a su casa. La decoración era lo primero. Sacaron todas las cosas que Violet compró y cada una se encargó de una cosa. Ana inflaría los globos, Rosie colgaría las guirnaldas y Violet decoraría las mesas. Todo estaba planificado y tenían tiempo de sobra, pero no contaron con que los perros ayudan a su manera.

En cuanto Ana empezó a inflar el primer globo, Jack y Paul se pusieron junto a ella para ver qué eran esas pelotas que se hacían cada vez más grandes. Apenas acabó de hacer el nudo del primero, Jack se le aventó encima para arrebatárselo. Lo atrapó con la boca y se lo llevó, con Paul pisándole los talones. No tardaron mucho en conseguir que explotara, claro. Ana pensó que eso les haría pensarlo dos veces antes de volver por otro globo, pero lo cierto es que les gustó y fueron en busca de más.

A Rosie tampoco le estaba yendo demasiado bien. Se había subido a un taburete para colgar las guirnaldas y Hamlet se extrañaba de que su dueña de pronto fuera tan alta. Le ladró un par de veces, y Lolita, su compañera inseparable, se unió al equipo. Cada vez que Rosie levantaba una guirnalda, Hamlet y Lolita saltaban para intentar atraparla, como si fuera un juego. Rosie trataba de ir lo más rápido que podía, pero la mitad de lo que iba colocando se lo iban quitando los perros.

Violet, previsora y planificadora de fiestas sin par, tampoco previó que los perros querrían participar en la decoración de la fiesta. Ella quería poner los manteles con dibujos de perritos sobre las mesas, pero a Maxi y a Dana les gustaba jalar los manteles y eso es lo que hicieron. Uno por un lado y otra por el otro, se dedicaron a jalar a ver quién podía más. Por mucho que Violet los separara, al cabo de un rato volvían para seguir jalando.

Y entonces llegó la señora Robinson. Era la encargada de la comida, y no se podía decir que no hubiera cumplido con su misión. Venía cargada de bandejas. Cuando las dejó encima de la mesa, las chicas se miraron de reojo.

—Esta vez he intentado calcular mejor los tiempos para que no se me quemara —dijo dándole un codazo a Ana—. Y no se me han quemado ni un poquito.

—Ni quemado... ni hecho —murmuró Violet. La chica tocó uno de los panqués de la señora Robinson y, cuando se le hundió el dedo, se dieron cuenta de lo poco hechos que estaban—. Señora Robinson, ¿no deberíamos meterlos en el horno unos minutitos más?

—Eso pensé yo también —dijo ella rascándose la cabeza—. Pero luego me di cuenta de que ya eran casi las siete y no quería llegar tarde...

—¡¿Cómo que son las siete?! —gritó Violet. Era verdad. Las chicas estuvieron tan absortas con la decoración que no miraron el reloj en toda la tarde—. Bueno, pues no hay tiempo para nada más. Hay que ordenar todo esto, vamos.

Hicieron lo que pudieron. Colocaron bien los manteles mordisqueados por Maxi y Dana. Intentaron colgar las guirnaldas que se habían caído después de tantos jalones de Hamlet y Lolita. Luego esparcieron los globos que no estaban mordisqueados por Jack y Paul y colocaron en las mesas la comida medio cruda de la señora Robinson. Violet observó el panorama.

—¡Cielos, qué desastre!

Pero no había tiempo para más. El padre de Ruby la iba a traer en cualquier momento y los invitados estaban empezando a llegar. Ana invitó a todos los dueños de los perros a los que paseaba y los señores Collins fueron los primeros en llegar. Después llegó la señorita Tucker y, por último, con una corbata mal anudada y la boina torcida, llegó el señor Carter. Violet también invitó a Justin y a Jones, en un intento poco sutil de que pasara tiempo con Ana. También estaban invitados los padres de las chicas. Cuando estuvieron todos, se fueron distribuyendo por el jardín.

—Espera un momento —soltó Rosie de repente—. ¿Y el pastel?

Ana corrió a la cocina y se encontró a su padre todavía ocupado con el pastel.

—¡Papá! ¡Ya son las siete! —le gritó.

El padre de Ana levantó la cabeza con pánico.

—Lo siento, hija, quería hacerlo tan bien, que me ha llevado más tiempo del que pensaba. ¿Crees que así está bien?

Ana observó el pastel por todos los ángulos. Su padre se lució. Era prácticamente igual al dibujo que hizo Rosie. Tenía dos pisos y aparecían todos los perros de las niñas y ellas. ¡Y era enorme! Quizás así no tuvieran que acabar comiéndose los panqués medio crudos de la señora Robinson.

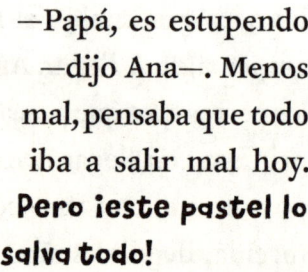

—Papá, es estupendo —dijo Ana—. Menos mal, pensaba que todo iba a salir mal hoy. **Pero ¡este pastel lo salva todo!**

Ana ayudó a su padre a llevar el pastel al jardín y lo

dejaron sobre la mesa central. Los perros siguieron con la mirada el apetitoso pastel. Todo el mundo alabó a su padre por la obra maestra que preparó. Entonces, apareció su madre y les avisó de que Ruby ya había llegado y que entraría en el jardín en unos minutos. Todo el mundo se quedó en silencio. Estaban tan concentrados, que no se dieron cuenta de que los perros se acercaban sigilosamente al pastel.

Ruby entró con una venda en los ojos, guiada por su padre y por su hermano. Iba con los brazos extendidos, palpando cualquier obstáculo que se encontrara. Cuando ya estaba frente a los invitados y el pastel, su padre le quitó la venda.

—¡SORPRESA!

Aquello fue como activar una bomba. Los perros reaccionaron al grito y saltaron todos a la vez sobre la cosa que más les llamó la atención: el pastel. El torbellino de perros entusiasmados y famélicos acabó por tirar la mesa y se abalanzaron todos a comer el pastel que se estampó contra el suelo.

Todos los invitados corrieron hacia ellos y los separaron de la comida. Su padre lo volvió a colocar enseguida en la mesa, pero ya no había remedio: se devoraron la mitad. Lo único que pudo rescatar a tiempo fueron los muñecos, que representaban a los perros y a las

chicas. Ana se los dio a Ruby, que estaba todavía conmocionada.

—**Feliz cumpleaños, Ruby** —Ruby seguía sin decir nada. Ana se puso nerviosa—. Siento mucho lo del pastel, bueno, y lo del parque... Espero que Rose no tenga nada grave. No lo hice con mala intención, ya lo sabes, es que a veces me cuesta pedir ayuda, pero ya he hablado con las chicas y... —le dio el perricinturón que había hecho la señora Robinson para ella—. Te prometo que a partir de ahora iremos todas juntas con los perros y nos repartiremos las correas y todo y...

Ruby le dio un abrazo. La apretó tan fuerte que casi la deja sin respiración.

—Te perdono —dijo por fin.

Ana suspiró aliviada. Rosie y Violet se unieron al abrazo y felicitaron a Ruby por su cumpleaños. ¡Por fin volvían a estar juntas!

—Muchas gracias por la fiesta, chicas, se han superado —les dijo Ruby—. Bueno, ¿dónde está la comida en esta fiesta?

Las chicas se miraron. Violet carraspeó un poco.

—Pues, verás...

Capítulo 11
¿Mala suerte?

—De acuerdo, una, dos... Y tres.

Las chicas empezaron a caminar, cada una con un perro atado a cada lado, intentando mantener el ritmo todas juntas. Estaban en el jardín de la señora Robinson, que les estaba enseñando a trabajar en equipo como paseadoras de perros profesionales. Llevaban allí casi toda la tarde, bajo un sol más propio del verano que de la primavera, que hacía que Violet, con su piel blanca como la nieve, estuviera empezando a ponerse ligeramente rosada.

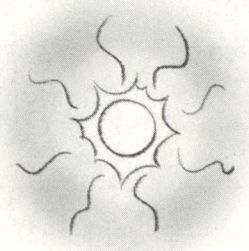

—Me tendría que haber traído el protector solar —dijo mientras se secaba el sudor de la frente.

Ana le pasó la botella de agua.

—Pero, mira, ya van bastante más tranquilos —comentó Rosie dándole una palmadita a Hamlet en el lomo. El gran danés medía casi tanto como ella y la miró con sus ojos caídos—. Creo que esta combinación funciona mejor.

Decidieron repartirse los perros de forma equitativa, así que ahora mismo llevaban dos perros cada una. Probaron diferentes parejas, según la personalidad de los perros, para que fuera más fácil a la hora de moverse. Los primeros intentos fallaron estrepitosamente, pero Ana empezaba a ver la luz al final del túnel.

Ella llevaba a Jack y a Paul, a los que les encantaba correr y perseguir cosas, y así podría vigilarlos de cerca. Rosie llevaba a Hamlet y a Lolita, que se habían vuelto inseparables, en parte, porque la pequeña caniche tenía debilidad por las orejas grises de su enorme amigo. Ruby llevaba a Rose, su pastora alemana obediente como ninguna, junto a Dana, y así podían mantener un poco a raya a la mastina, que, aunque no lo pareciera por sus fuertes patas, todavía era un cachorro, y Rose parecía ser una buena influencia para ella. Por último, Violet se hacía cargo de su remilgada Lily, a la que a veces llevaba

en la mochila, lo cual le dejaba total libertad para manejar a Maxi, el grandulón del señor Carter.

La señora Robinson las observaba con orgullo desde el porche. Ya estaba totalmente recuperada y tenía más ganas de hacer cosas que nunca (si es que eso era posible). Llevaba una falda larga suelta y unas botas que con solo verlas ya daban calor.

—Chicas —dijo la señora Robinson en tono magistral—, **¡están preparadas!**

—¡Síííí!

Las amigas saltaron todas a la vez de la emoción, haciendo que los perros que tan dominados tenían hacía

unos segundos se contagiaran del entusiasmo. Ruby fue la primera en tener a sus perritas bajo control, con un simple silbido.

—Algún día tendrás que enseñarme a hacer eso, querida —dijo la señora Robinson impresionada—. Es fascinante lo mucho que te obedece. Tendrían que darte un premio a la mejor adiestradora de perros del mundo.

Ruby se puso ligeramente colorada con el cumplido.

—Del mundo no sé, pero espero serlo del pueblo. O quedar de las primeras, al menos.

Rosie la miró confundida.

—¿A qué te refieres?

—Este fin de semana es el concurso de *agility* del pueblo —le explicó Ruby—. Si Rose y yo ganamos, iremos al concurso provincial. ¡Y ese es muy importante!

Violet ahogó un grito de emoción.

—**¡Vas a ser famosa, seguro!** ¿Cuál es el premio? —añadió curiosa.

—El premio del pueblo es un año de comida gratis para tu perro en la tienda de animales de Marco, ¡y en el provincial podríamos ganar dinero de verdad!

Un «guau» generalizado pronunciado entre las chicas y la señora Robinson se oyó por todo el jardín.

—Oye, Ruby —dijo Rosie como quien no quiere la cosa—, ¿podríamos ir a verte al concurso de *agiloti*?

—¡Pues claro! —contestó ella entusiasmada—. Es divertido. Hay muchos perros y todos son muy buenos.

—Oye, Ruby —dijo la señora Robinson imitando el tono de Rosie—, ¿y crees que podría ir yo también? ¡Tengo el coche recién lavado!

Las chicas se miraron de reojo disimuladamente. La última vez que Ana vio el coche de la señora Robinson echaba humo en la esquina de la calle y hubo que llamar a la grúa. Pero ninguna dijo nada, la pobre señora Robinson llevaba mucho tiempo sin salir de casa y estaba deseando embarcarse en una nueva aventura.

—¡Genial! Quedamos el sábado entonces —sugirió Ruby.

—Va, pero que no sea muy temprano... —empezó a decir Violet.

—A las ocho en este mismo lugar —atajó Ruby.

—¡A las ocho un sábado! **¡Van a acabar conmigo!**

Más a las nueve que a las ocho, las cuatro amigas se presentaron en casa de la señora Robinson, con el bocadillo del mediodía preparado y con más ganas que nunca de ir al concurso. Ruby, sin embargo, estaba nerviosa, lo cual notaron enseguida, porque Ruby casi nunca solía perder la calma.

—No te preocupes —dijo Violet dándole un abrazo—. No hay perra más lista que Rose. Y si no gana, no pasa nada, porque la querremos igual.

Ana y Rosie asintieron para darle ánimos a Ruby, y ella respiró profundamente. En ese momento, la puerta de la casa de la señora Robinson se abrió de repente. La anciana salió como un torbellino, sonriendo de oreja a oreja y con una cámara de fotos enorme colgada al pecho.

—¿Están listas? —las chicas asintieron—. ¡A la aventura!

La señora Robinson se dirigió casi saltando de la emoción a su todoterreno. Era una chatarra con ruedas, pero sorprendentemente, y a pesar de las muchas visitas al taller, el cacharro rojo medio despintado todavía funcionaba. Ana miró con cierto escepticismo al todoterreno pero, al igual que sus amigas, se contagió del entusiasmo de la señora Robinson y salieron corriendo para montarse.

El todoterreno no arrancó a la primera. Ni a la segunda. Pero a la tercera se escuchó un sonido parecido a un petardo y se puso en marcha.

—¡A la aventura! —gritó Rosie para intentar quitarle importancia al asunto.

El sonido renqueante del motor no desapareció durante el trayecto, pero lo cierto es que iban bastante rápido y parecía que el todoterreno tenía fuerzas suficientes para llevarlas hasta donde se celebraba el concurso. Por el camino, la señora Robinson iba relatando algunas historias.

—A mí es que siempre me ha gustado conducir, ¿saben? A mi padre no le gustaba mucho, decía que había mucho loco suelto por ahí al volante. Pero a mí me daba igual. ¡Tenía muchos sitios a los que ir! Así que mi padre se resignó y acabó comprándome este todo-terreno enorme, nuevo —«pero ¿cuántos años tiene este coche entonces?», pensó Ana. Rosie la miró como si le leyera el pensamiento—. ¡No se imaginan la cara que puse cuando lo vi en la puerta de mi casa el día que cumplí veinte años! Lo primero que hice fue recoger a mis amigas e irnos a la playa. Hacía un calor que...

¡PUM!

Ana luego recordaría ese momento con sus amigas y diría que fueron los diez minutos más angustiosos de su vida, pero lo cierto es que todo sucedió en apenas unos segundos. Al sonar el estallido, la señora Robinson perdió momentáneamente el control del volante y todas se chocaron las unas con las otras con el bamboleo. Cuando consiguió enderezar el coche, la musculosa anciana se orilló y se bajó corriendo. Rosie señaló la llanta trasera y las chicas se bajaron lo más rápido que pudieron para ver qué había pasado.

—Se ponchó la llanta —sentenció Violet colocándose bien los lentes, que se le torcieron con el volantazo.

A Ruby parecía que iba a darle un ataque.

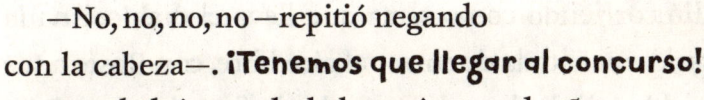

—No, no, no, no —repitió negando con la cabeza—. **¡Tenemos que llegar al concurso!**

Rose ladró para darle la razón a su dueña.

Ana miró a la señora Robinson, que observaba desesperada la llanta para ver si podía arreglarla allí mismo. Luego miró hacia adelante y advirtió que no estaban lejos del pabellón donde se celebraba el concurso.

—¡Iremos a pie! —exclamó. Violet la miró como si estuviera loca—. Estamos solo a un par de cuadras y si esperamos a que se arregle la llanta o venga alguien a recogernos, tardaremos más.

—Pero, pero... —Violet no encontró nada que objetar, salvo el hecho de que definitivamente correr no era su pasatiempo preferido.

—Señora Robinson, ¿le parece bien si nos vemos allí directamente? —preguntó Rosie, que ya estaba recogiéndose el pelo en un chongo.

La señora Robinson le echó un vistazo a la llanta humeante y luego le puso las manos a Ruby sobre los hombros y la miró con determinación.

—Aún queda media hora para que cierren las inscripciones. En cuanto arregle la llanta, estaré allí con ustedes. **Ahora, ¡salgan volando!**

A Ruby no le hizo falta ni asentir. Se dio la vuelta, sujetó con fuerza la correa en la que llevaba a Rose y salió corriendo como alma que lleva el diablo. Ana la siguió, encantada de correr al aire libre, con Rosie a sus espaldas. Violet las miró con el cejo fruncido, suspiró y siguió a sus amigas de mala gana.

La verdad es que el pabellón estaba más lejos de lo que Ana había calculado, pero ninguna de ellas se detuvo hasta que no estuvieron delante de la puerta. Apenas quedaban cinco minutos para que cerraran las inscripciones. Por suerte, solo tenían un par de personas por delante y, en cuanto se colocaron en fila, uno de los porteros colocó el cartel de cerrado a sus espaldas. Ruby soltó un bufido.

—Casi no llegamos. ¡Vaya manera de empezar!

—Bueno... Así... ya solo... puede ir... a mejor —soltó Violet con la respiración entrecortada de correr.

—Eso —admitió Rosie—. ¡Se van a enterar esos de quién es la mejor *amonestadora* de perros!

—No lo diga tan alto —negó Ruby con la cabeza—. Aquí hay perros muy bien adiestrados.

Ana miró a su alrededor. A Ruby no le faltaba razón. Había un montón de perros dentro del pabellón y sus dueños estaban practicando con ellos antes de que empezara el concurso. Había un pointer inglés que era capaz de saltar una valla de más de metro y medio de alta. Un galgo que corría entre túneles tan rápido que a Ana le costaba seguirlo con la mirada. Y varios perros pequeños que cruzaban la pista de obstáculos sin tan siquiera rozar los palos. Ahora entendía por qué Ruby estaba tan nerviosa.

—Da igual —dijo Rosie intentando desviar la atención de esos perros maravilla—. **Rose es la mejor.** Y su dueña no se queda atrás.

Ruby sonrió por la confianza y pareció relajarse un poco.

Mientras Ruby rellenaba la inscripción, a Ana le pareció reconocer a uno de los participantes que cruzaban la pista.

—**¿No es ese chico guapo que le gusta a Ana?** —preguntó Violet ajustándose los lentes y mirando de reojo a Ana, que se estaba poniendo colorada.

Efectivamente. Justin estaba dirigiéndose hacia ellas. Iba con un pants de color negro y unos tenis tan blancos que parecían estrenados ese mismo día. A su lado caminaba un chico un poco más bajo que él, también rubio y que llevaba un labrador negro.

—Vaya, no esperaba encontrarme aquí con la liga de las paseadoras —dijo Justin sonriendo.

—El club de las paseadoras —puntualizó Ruby como si fuera un título nobiliario.

—Pues, oye, a mí me gustó esto que dijo de la liga —soltó Rosie—. Como la liga de la justicia —añadió.

Violet puso los ojos en blanco.

—¿Qué haces por aquí? —preguntó Ana.

—Vengo a acompañar a mi hermano Tim —y entonces señaló con emoción al chico a su lado, pero su hermano no parecía muy contento. No paraba de mirar a Ruby.

—Pensaba que no te apuntarías este año —dijo Tim algo resentido—. No te vi en la lista de inscritos.

—Nos acabamos de apuntar —explicó Ruby, y señaló la copia que tenía en la mano—. Tuvimos un ligero percance viniendo hacia aquí con la señora Robinson.

—Espero que no tengan ninguno más —comentó el chico sin sonreír.

Justin lo miró con ceño fruncido mientras observaba cómo se alejaba su hermano.

—No le hagan caso. Es un poco competitivo —añadió—. ¡Luego nos vemos!

Rosie miró a Ana, divertida.

—Solo le falta la bomba de humo al desaparecer.

—O una risa maléfica —se unió Violet.

—¿Por qué te miró así ese chico, Ruby? —preguntó Ana sin prestar atención a sus amigas, que estaban muertas de risa.

—Quedó en segundo lugar el año pasado. Rose le ganó en la última prueba —explicó.

«Pues sí que es mal perdedor», pensó Ana.

Mientras esperaban a que comenzara el concurso, las chicas buscaron un rincón tranquilo para que Ruby repasara con Rose los movimientos que había aprendido dándole órdenes con un silbato morado que no emitía ningún sonido.

—¿Qué es eso? —preguntó Ana.

—Es un silbato ultrasónico —respondió Ruby.

—Pues creo que se te rompió —dijo Violet.

—¿Qué significa *mundasónico*?

—Los humanos no pueden percibir los sonidos ultrasónicos, pero los perros sí —explicó la chica—. Ella identifica este sonido conmigo y con lo que hemos aprendido.

—¡Qué increíble!

En ese momento, mientras las chicas inspeccionaban de cerca el silbato y Rosie se empecinaba en soplar lo más fuerte posible para ver si sonaba en algún momento, apareció la señora Robinson. Estaba tan alterada que parecía que también había venido corriendo.

—¡Por fin las encuentro! —exclamó al verlas. Se sentó junto a Rose para recuperar el aliento—. ¡Dios mío, hay tantos perros interesantes aquí que no he podido resistirme a charlar con unos y con otros!

—Sí, la verdad es que este año hay mucha competencia —comentó Ruby preocupada.

—No te agobies, querida —dijo la señora Robinson con optimismo—. He visto de lo que es capaz nuestra maravillosa Rose. ¡No habrá nadie que la supere! —Ruby pareció alegrarse con esa afirmación—. Además, están repartiendo chucherías para perros en la entrada, ¡seguro que, con eso, Rose lo borda!

La señora Robinson se sacó del bolsillo una bolsita pequeña con chucherías. Rose olfateó un segundo lo que le ofrecía y después metió el hocico entero en la bolsa. Ruby fue corriendo hasta su perra y la apartó delicadamente para que no se lo comiera todo.

—No es bueno que se pegue un atracón antes de salir a competir —dijo. Luego examinó la bolsa—. Se ve que este año hay más interés en el concurso, porque el año pasado no daban regalos —Ruby olió la bolsa con los restos de  chucherías y no le gustó lo que olió. De pronto, se puso blanca y empezó a balbucear sin sentido.

—¿Qué pasa? ¿Qué? —preguntó la señora Robinson preocupada.

—Es... Es... choco... Es chocolate —consiguió decir.

—¡¿Qué?!

La señora Robinson se puso en pie de inmediato y corrió hacia Rose para abrirle la boca. Quizás esperaba que la perra no se hubiera comido todo lo que le dio, pero Rose lo había engullido todo en un segundo. Violet también se puso tensa. Ana y Rosie parecía que eran las únicas que no entendían de qué iba la cosa.

—¿Qué pasa con el chocolate? —preguntó Ana.

—**No, no, no, no** —empezó a decir Ruby jalándose de los ricitos morenos.

—Pero si el chocolate está buenísimo —intervino Rosie—. Es una de las mejores cosas del mundo...

—**¡Los perros no pueden comer chocolate!** —estalló Ruby nerviosa—. No lo digieren bien y se ponen enfermos si comen demasiado.

Ana se llevó la mano a la boca. No recordaba que nadie le hubiera advertido de eso, pero lo cierto es que nunca se le había ocurrido darle chocolate a su perro. Rosie abrió mucho los ojos.

—¿Cuánto es demasiado?

—¡No lo sé! —Ruby estaba al borde de un ataque de nervios.

—Que no cunda el pánico —intervino la señora Robinson—. He visto que tienen una veterinaria de emergencia. Vamos a verla.

Ruby se acercó a Rose y le inspeccionó los ojos y la boca, pero la perra no parecía tener ningún síntoma. Aun así, todas se dirigieron hacia la consulta de la veterinaria rápidamente. Cuando llegaron, Justin y su hermano estaban allí, cortándole las uñas a su labrador de color negro.

—¿Qué ha pasado? —preguntó Justin al verlas entrar con caras de preocupación.

—Rose ha comido chocolate —le explicó Rosie—. Por lo visto es algo muy muy malo. ¡No lo sabía!

El chico abrió los ojos sorprendido.

—¿Qué clase de dueña le da chocolate a su perro? —preguntó Tim mirando a Ruby.

Ella lo fulminó con la mirada.

—Alguien está repartiendo bolsas de chocolate en la puerta como si fueran chucherías para perros.

—¡Pues ese alguien es un inconsciente!

La veterinaria se acercó rápida-mente a Rose. Era una mujer jo-ven, pelirroja, con una trenza sobre el hombro. Llevaba una bata blanca y una carpeta en la mano. Todas se arremolinaron alrededor de ella y de Rose.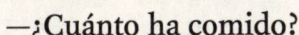

—¿Cuánto ha comido?

—Lo que falta de esta bolsa —exclamó la señora Robinson inmediatamente.

La mujer examinó la bolsa, la abrió y la olió. Luego sonrió.

—Es chocolate con leche —afirmó.

—¿Eso es mejor o peor? —preguntó Ana sintiéndose un poco tonta. «¿Cómo es que nadie advierte de estas cosas?».

—El problema del chocolate es la teobromina, que se encuentra en el cacao puro. Un perro como este debería comer unas tres onzas de chocolate negro para que le hiciera daño —explicó—. Esto es chocolate con leche, apenas tiene cacao, por lo que debería haber comido mucho más para que tuviera algún síntoma.

En ese momento, todas soltaron un suspiro de alivio. Bueno, un pequeño susto.

—Deberías tener más cuidado —dijo Tim.

El hermano de Justin estuvo detrás de ellas todo el rato, pero no se habían dado cuenta. Miró a Rose con el ceño fruncido y luego a Ruby. La señora Robinson se interpuso en medio.

—Lo tendremos, pequeño Tim —le dijo. Al chico no pareció gustarle ese apodo, porque puso mala cara—. Recuerda: lo importante es participar.

El chico soltó un bufido y se fue. La señora Robinson se giró hacia Ruby.

—Lo siento mucho, Ruby. Nunca habría imaginado que habría chocolate dentro de la bolsa; de lo contrario, no la habría abierto.

—No se preocupe, lo sé —respondió ella dándole un apretujón a Rose—. ¿Podría avisar que alguien está repartiendo chocolate por ahí? —le dijo a la veterinaria.

Ella asintió y se fue a hablar con los de seguridad. Entonces, sonaron los altavoces del pabellón a todo volumen.

—¡Atención, competidores! ¡Atención! **¡El concurso empieza dentro de diez minutos!** Por favor, colóquense en sus puestos y esperen su turno.

Ruby abrió mucho los ojos y miró a sus amigas horrorizada.

—Oh, Dios mío, ¡no estoy preparada!

Apenas tuvo tiempo de repasar con Rose, entre el coche, el chocolate...

Rosie la agarró por los hombros.

—Ruby, tú naciste preparada —su amiga cerró los ojos e inhaló y exhaló tres veces—. Ahora, agarra ese silbato silencioso mágico... **¡Y ve por ellos!**

Ruby asintió sonriendo y metió la mano en el bolsillo. No encontró el silbato, así que rebuscó en todos los bolsillos que tenía. No estaba.

—No quiero ser mala, pero esto ya fue demasiado —dijo Violet—. **¿Tenemos mala suerte o qué?**

—¿Qué les falta? —preguntó Justin, que seguía junto a Ana.

—¡El silbato ultrasónico! —exclamó Ruby mirando a su alrededor por si se le había caído al entrar a la consulta de la veterinaria.

—Vaya, pues eso es importante —murmuró el chico—. ¿De qué color es?

—Morado —respondió Rosie, que estaba ayudando a Ruby a mirar por la sala—. Va a atado a una correa negra ¿verdad?

—Una correa negra con lazo morado —añadió Ruby.

De pronto, Justin abrió mucho los ojos y la boca. Todas se quedaron mirándolo mientras terminaba de reaccionar. Luego frunció el ceño y soltó gritando:

—¡Lo mato!

Enfurecido, salió de la sala de la veterinaria sin decir nada más.

—El rey de las salidas dramáticas —dijo Rosie.

Apenas unos minutos después, Justin volvió con su hermano. Y lo llevaba agarrado de la oreja. Tim no paraba de quejarse y patalear.

—Pero ¿qué pasa aquí? —preguntó la señora Robinson, y Ana notó que estaba empezando a enfadarse.

—¡Di la verdad!

Justin soltó a su hermano, que dio un paso al frente y se quedó mirando al suelo. Unos largos segundos después, dijo en un murmullo:

—Fui yo.

—¿Fuiste tú qué? —inquirió la señora Robinson.

Tim mostró el silbato morado como toda respuesta. Ruby pegó un gritó y se abalanzó sobre su silbato. La chica sopló para ver si funcionaba y Rose ladró como respuesta afirmativa.

—¡No lo puedo creer! —exclamó la señora Robinson, que parecía a punto de estallar. Luego se llevó las manos a la boca—. ¿También has sido tú el del chocolate?

El chico agachó un poco más la cabeza.

—Le pedí a un amigo de clase que te los diera —casi no se le escuchaba—. Le dije que eran de ternera.

Las chicas lo miraron con el cejo fruncido. Ese chico se merecía un buen castigo ¡Estuvo a punto de envenenar a Rose!

—¡Estás loco! —exclamó Violet.

—¡Podrías haber causado una desgracia! —añadió Ana.

—¡Seguro que también has sido tú el que ponchó la llanta! —dijo Rosie.

—¿Qué llanta? —preguntó el chico extrañado.

—¡La llanta del todoterreno de la señora Robinson! Tim miró desesperado a la anciana.

—Pero yo no sabía que vendrían con ella. ¡Lo juro! La señora Robinson hizo un gesto para que se calmaran todos.

—Creo que de eso solo podemos culpar a los años que llevo sin cambiar las llantas, chicas.

Rosie seguía sin parecer muy convencida y blandió un dedo acusador delante de la cara del chico, que dio un paso atrás. Los altavoces del pabellón volvieron a sonar.

—¡Tres minutos para que dé comienzo el concurso!

Todos se miraron con nerviosismo.

—Chicas, acompañen a Ruby y a Rose a sus puestos —dijo la señora Robinson—. Yo me encargaré de este mal perdedor.

Las amigas pasaron junto a Tim y lo miraron enfadadas, pero no dijeron nada. Sabían que la señora Robinson le daría una buena reprimenda.

—Lo siento mucho, chicas —dijo Justin cuando pasaron a su lado.

—No ha sido culpa tuya —le respondió Ana—. Además, gracias a ti, Ruby podrá competir finalmente.

Justin pareció satisfecho con esa respuesta, porque sonrió de oreja a oreja. Luego se fue en busca de sus padres con su hermano, la señora Robinson y el pequeño labrador negro.

Ruby y Rose se situaron en sus puestos y las chicas subieron a las gradas para animarlas desde allí. Rose tenía que conseguir cruzar todo el pabellón, que estaba dispuesto con infinidad de pruebas, cada cual más difícil. Cuando sonó el banderazo de salida, Ruby sopló el silbato morado con todas sus fuerzas y Rose salió corriendo.

Atravesó el primer túnel rápidamente. Luego, sorteó los obstáculos zigzagueando entre ellos sin rozar ninguno. Ruby la seguía corriendo mientras Rose le indicaba por dónde pasar. Después,

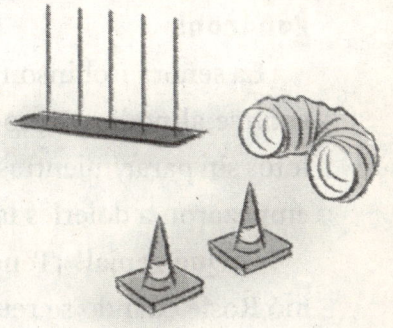

volvió a soplar el silbato para que saltara, y Rose dio un salto enorme por encima de la valla.

Desde la grada, sus amigas saltaban de alegría cada vez que la perrita conseguía pasar a la siguiente prueba. La animaron mientras corría, saltaba, subía por plataformas, bajaba... Todo a una velocidad de vértigo. Cuando llegó al poste final, volvió a sonar un pitido y el panel del pabellón indicó la rapidez con la que hizo el recorrido. Y no estaba mal. ¡Por ahora iba en primer lugar!

Las chicas esperaron al resto de los participantes perrunos, asombradas por todo lo que era capaz de hacer un perro bien entrenado. Ana se sentía satisfecha si conseguía que Jack le trajera la pelota cuando ella se lo decía. Cada vez que sonaba el pitido final, todas miraban con ansiedad el panel para ver el resultado, por si alguien adelantaba a Rose. Pero uno tras otro, todos quedaban por debajo. **¡Ruby y Rose ganaron!**

La señora Robinson volvió a tiempo para ver a Ruby subirse al podio y recoger la copa y se dedicó a tomar fotos sin parar, mientras sus amigas aplaudían tanto que empezaron a dolerles las manos.

—¡Qué genial! ¡Tenemos a una campeona! —exclamó Rosie cuando se reunieron con las ganadoras.

—Yo ya creía que no íbamos a llegar —dijo Ruby—. ¡Lo que nos ha pasado hoy sí que ha sido una carrera de obstáculos!

—Les juro que durante un momento pensé que nos echaron un mal de ojo —dijo Violet convencida.

—Ahora ya no estás nerviosa, imagino, ¿verdad? —le dijo Ana mientras acariciaba a Rose, que movía el rabo sin parar. Ruby asintió.

La señora Robinson les tomó una foto a todas juntas con la copa. Luego puso los brazos en la cintura y sonrió.

—Bueno, ¿quién tiene ganas de dar un paseíto en mi viejo cacharro oxidado?

🐾 Capítulo 12

La fiesta
de fin de grado

—¡Ana, tus amigas ya están aquí!

La madre de Ana estaba limpiando las ventanas cuando vio a Rosie, Violet y Ruby con sus respectivos perros en su jardín. Ahora que Ana había aceptado la ayuda de sus amigas, quedaban de verse en su casa e iban recogiendo a los perros juntas para ir al parque.

Ana bajó corriendo las escaleras con Jack pisándole los talones.

—¡Nos vemos luego!

A su madre no le dio tiempo ni a contestar, pero sonrió al ver a su hija con todas sus amigas y tan contenta de pasar tiempo con sus queridos perros.

Las chicas recogieron a Lolita, a Dana, a Paul y a Maxi y se dirigieron al área para perros para que jugaran con el resto de los perros que había por allí. Ruby estaba intentando que Rose aprendiera un truco nuevo: que pusiera varios objetos en el mismo sitio a la orden de «¡Recoge!».

—Di la verdad —dijo Violet divertida—, solo quieres que aprenda eso para que te ordene la habitación.

—Pues podrías enseñarme a hacerlo.

Lara Wang estaba a sus espaldas, con unos lentes de sol enormes sobre la cabeza y el pelo recogido en una cola alta. Parecía que venía de correr, porque iba en pants y con tenis. En la mano llevaba una correa y un perrito atado a ella.

—Pero ¡si es mi Hulk! —soltó Rosie mientras prácticamente se abalanzaba por encima de la valla del área para perros para poder saludarlo.

El cachorrito mestizo de pitbull empezó a mover la cola contento y se dejó apapachar una y mil veces por su rescatadora.

—Es la primera vez que acojo a un perro con tanta energía —dijo Lara—. No le basta con dar paseos. ¡Tenemos que ir corriendo!

—Es que mi Hulk es un perruno deportista. ¿Verdad que sí? ¿Verdad que sí? —Rosie no dejaba de apretujarle la cara y darle besitos al pobre cachorrito, aunque a él no parecía importarle lo más mínimo.

—¿Todavía no se ha interesado ninguna familia por él? —preguntó Violet por encima de los mimos de Rosie.

—No —Lara parecía decepcionada—. He colgado carteles, he preguntado en la escuela y mi madre me ha estado ayudando, pero por ahora no hay nada. Lo peor

es que ya tenemos en casa a tres perros en adopción, además de Simba, claro.

—¿Simba es tu perro? —dijo Ana.

—Sí, es un mestizo adorable —respondió Lara sonriendo con cariño—. Menos mal que no le importa compartir su espacio con un montón de perros.

Ruby jugueteaba con su pelo y se jaló un rizo, como hacía siempre cuando pensaba.

—**Tenemos que ayudar a esos animales abandonados** —acabó diciendo.

—Podríamos donar el dinero de paseadoras para los perros —sugirió Ana.

—¡Yo podría vender retratos de la gente o de sus mascotas! —exclamó Rosie.

—¡Qué buena idea! ¿Y si montamos un mercadillo? —siguió Violet.

—Chicas —interrumpió Lara al ver que no paraban de decir cosas—, el dinero siempre es bien recibido, porque a estos animales hay que alimentarlos, pero lo más importante es que encuentren una familia para siempre que los quiera y los cuide.

Todas se quedaron en silencio durante unos segundos. Y entonces a Ana le llegó la inspiración.

—**¡La fiesta de fin de grado!** —soltó sin más. Sus amigas la miraron sin entender—. Este viernes es el último día de clase antes de las vacaciones de verano y la escuela Wellington hace una fiesta de despedida —les explicó—. La señorita Tucker nos dijo que había talleres y actuaciones para los niños y los padres. ¡Podríamos montar algo allí!

Rosie abrió mucho los ojos.

—¡Claro! Podemos llevar a los perros y los gatos que tienes en adopción, Lara. Irá mucha gente y es posible que alguien esté interesado en ellos.

Lara las miró pensativa.

—Bueno, supongo que vale la pena intentarlo —miró cómo Hulk jalaba fuerte de la correa para seguir corriendo—. ¡Está bien! ¿Creen que sus profesores las dejarán montar algo así en la fiesta?

—¡Seguro que sí! —exclamó Ana convencida—. La señorita Tucker es la dueña de Paul —Ana señaló al galgo que corría como un loco en círculos—. Seguro que nos echa una mano.

—¡Genial! Me paso por aquí mañana y me cuentan. ¡Muchas gracias, chicas!

A Lara casi no le dio tiempo de pronunciar la última palabra, ya que Hulk empezó a correr en cuanto vio que se ponía en marcha.

Cuando ya llevaban un par de horas en el parque, cada chica ató a sus dos perros y se dirigieron a casa de sus respectivos dueños.

Al llegar a casa de la señorita Tucker,

Ana se puso nerviosa. «¿Y si no le parece buena idea?».

—¿Han pensado lo que van a decir? —preguntó Violet.

—Eh... Sí —respondió Ana insegura.

En cuanto abrió la puerta, Paul se aventó a los brazos de su dueña y la señorita Tucker lo agarró al vuelo. Lo cierto es que Paul pesaba poco, aunque era bastante incómodo de llevar en brazos, porque nunca se sabía qué hacer con sus patas kilométricas.

—¡Qué bien que ya estén aquí! —exclamó la señorita Tucker mirándolas con sus grandes ojos castaños—. Le he comprado un juguete nuevo a Paul y estaba deseando que llegara para dárselo. Muchas gracias por el paseo, chicas.

Estaba a punto de cerrar la puerta, cuando Ana intervino de sopetón.

—¡Señorita Tucker, queremos hacer una actividad con los perros!

Ana lo dijo prácticamente gritando y Violet se dio cuenta de que aquella no era la mejor manera de abordar el tema.

Rosie decidió intervenir:

—Lara Wang tiene tres perros en adopción y hemos pensado que sería buena idea hacer un taller con ellos y con nuestros perros para darlos a conocer en la fiesta de fin de grado.

—También podríamos recaudar dinero para todos los animales que necesiten ayuda —añadió Ruby.

—Y enseñar a los más pequeños a tratar con animales —dijo Violet.

La señorita Tucker se quedó mirándolas con el ceño fruncido durante un momento. Parecía que estaba asimilando la información.

—**Pero ¡qué buena idea!** —exclamó de repente.

Hasta las chicas se quedaron desconcertadas. No pensaron que sería tan fácil.

—Podríamos invitar a las familias completas. ¡Mascotas incluidas! —siguió la señorita Tucker mientras se subía los lentes de media luna—. Hace años que la fiesta de fin de año siempre tiene las mismas actividades. ¡Los niños estaban aburridos! —las chicas gritaron de la emoción—. Eso sí, quiero un informe detallado de en qué consiste la actividad, el número de animales que van a llevar y el contacto de Lara Wang —añadió más seria.

Las chicas recobraron la compostura.

—Sí, señorita Tucker —asintió Ana.

—No se preocupe, **lo tendremos todo controlado** —confirmó Violet.

Y llegó el viernes, el último día de clases, y bajo un sol abrasador las cuatro amigas aparecieron en la escuela Wellington a las cuatro de la tarde con ocho perros, Lara Wang y tres perros más para preparar el taller. Ya se habían repartido todas las tareas que tenían que hacer y la señorita Tucker estaba por allí con todo el material necesario.

Se colocó una valla en forma de círculo enorme en el centro del patio, bajo un gigantesco árbol que proyectaba una sombra alargada. Allí irían los perros en adopción y los que paseaban. Ana sería la encargada de estar atenta tanto de los niños como de los perros, que podían jugar juntos. A la derecha estaría Violet, con Lily, Maxi y un gran maletín de accesorios de belleza con los que pensaba enseñar a los niños a cuidar a sus perros para que siempre estuvieran bien limpios y aseados. A la

izquierda, se encontrarían Ruby y Rose, que enseñarían lo que es el *agility* y el adiestramiento de perros. Junto a la entrada, Rosie estaba sentada a una mesa de dibujo en la que vendía sus maravillosos dibujos y también retrataba a quien estuviera interesado. Por último, Lara Wang coordinaba todo lo relacionado con los perros en adopción. Hicieron panfletos con los tres perros que se podían adoptar, con sus descripciones y personalidades, decidida a encontrarles la familia definitiva.

Pero todavía faltaba una última actividad. Y su encargado se acercaba a ellas con paso alegre, con una mochila que parecía pesar más que él mismo y su inseparable compañero peludo.

—Uy, ahí viene el que siempre desaparece —dijo Violet con sorna.

—El de las prisas —continuó Ruby.

—¡No sean malas! —les soltó Ana entre dientes al ver que el susodicho estaba cerca—. ¡Hola, Justin!

—¡Hola, chicas!

—¿Cómo es que has llegado tan temprano? —le preguntó Ana bastante sorprendida—. La fiesta no empieza hasta las cinco.

—Lo sé —afirmó con una sonrisa encantadora—. Pero me he enterado de lo que estaban montando y quería ayudar. Hablé con la señorita Tucker y me ha dado permiso para montar el taller de cuentacuentos con Jones.

—¡No me digas! —exclamó Violet—. Ana nos ha hablado mucho de cuando le contaste el cuento de Pinocho. Le encanta contarnos cómo hacías lo de...

Ana le dio un codazo a su amiga. Violet sonrió como si no pasara nada.

—Muchas gracias —dijo Justin rascándose la parte de atrás de la cabeza y desordenándose los rizos rubios—. **Están todas invitadas al espectáculo.**

Y haciendo una reverencia teatral, Justin se alejó hacia el fondo, donde empezó a montar su taller. Rosie suspiró teatralmente.

—«¿Qué es poesía? Dices mientras clavas tu pupila en mi pupila azul» —empezó a recitar.

—Poesía es... —le siguió Violet exagerando las sílabas al entonar—. Justin dejándonos con la palabra en la boca cada vez que se va.

Sus amigas empezaron a reírse y Ana no pudo evitar sonreír.

Parecía que Justin era incapaz de despedirse como el resto del mundo, pero a ella le hacía gracia. Y estaba claro que a sus amigas también.

En ese momento, Lara se dirigió hacia ellas aprisa.

—**¿Están listas, chicas?** —ellas asintieron diligentemente—. Pues todas a sus puestos, que empiezan a llegar los primeros.

Ana observó los primeros niños y niñas que acudían con sus padres a la escuela.

Todos se quedaban extrañados al ver que se cancelaron las actividades habituales pero, en cuanto se daban cuenta de que había perros, se les iluminaba la cara y salían corriendo en su busca.

Al cabo de unos minutos, Ana estaba desbordada y veía cómo se hacía fila para entrar en el corral. Al fondo, Justin y Jones representaban cuentos sobre un improvisado escenario. Los niños más pequeños se reían sin parar mientras Jones, vestido de princesa, mordía una manzana y se hacía el muerto.

Rosie tenía una familia entera que quería un dibujo: los padres, dos hermanos mellizos y tres perros yorkshire pequeñitos que no sabían estarse quietos. Rosie dibujaba a toda velocidad, porque ya tenía a otra familia esperando. Ruby había encontrado tres alumnos. Violet,

por su parte, repartió peines entre los participantes de su taller y se afanaban entre todos en peinar a Maxi, que simplemente se dejaba hacer disfrutando de los cuidados que le dedicaban.

Acudió mucha gente. Ana vislumbró a la señora Robinson platicando con el señor Carter al fondo, a los señores Collins haciendo fila para participar en el taller de Ruby, a los padres de sus amigas repartiendo los panfletos de los perros en adopción junto a Lara Wang.

¡Incluso la abuela de Violet fue! Estaba platicando animadamente con su cotorra al hombro.

Lara Wang consiguió que dos de sus perros en adopción encontraran familia.

Hulk viviría con Ernesto, el adorable cocinero del comedor, que lo llevaba en brazos como si fuera su propio hijo.

Tobi, el mestizo de golden, había enamorado a una pareja joven que acababa de mudarse a una casa mucho más grande.

Además, en cada puesto había una alcancía en la que la gente podía donar dinero y de este modo recaudarían fondos para todos los animales abandonados y desprotegidos del pueblo.

¡La fiesta estaba siendo todo un éxito!

Ana dio paso al siguiente chico de la fila y se dio cuenta de quién estaba justo detrás.

—¿No deberías estar en tu escenario? —se extrañó Ana.

—Necesitábamos un descanso —respondió Justin—. Estos actores dan todo de sí cada vez que salen, ¿sabes? —dijo riéndose—. ¿Crees que podría dejar a Jones aquí dentro un rato? Así se relaja un poco.

Ana asintió encantada y Justin abrió la valla para meter a su perrito junto a los demás.

—¿Qué cuento vas a representar después? —le preguntó Ana—. Quizá pueda pasar a verlo.

—Si vas a venir a verlo, entonces te dejo que elijas tú el cuen...

Justin no terminó la frase.

En ese momento, Dana salió corriendo y casi se lo lleva por delante. Ana miró horrorizada la valla.

¡Había dejado la puerta abierta! Corrió a cerrarla, pero antes de que llegara, el resto de los perros salieron en estampida, ignorando los gritos desesperados de Ana pidiendo que volvieran.

Rosie, Violet y Ruby se pusieron en pie de un salto al ver lo que sucedió.

Todas se dirigieron una mirada cómplice y se dispusieron a arreglar el descontrol. Los perros salieron en busca de la gente y de la comida, así que debían detenerlos.

Violet fue en busca de las perritas más pequeñas y se las metió corriendo en la mochila antes de que alguien las pisara en medio del caos. Luego fue en busca de Maxi, que no paraba de lamerle la cara a un bebé que estaba sentado en su carriola y que no sabía muy bien cómo reaccionar. Ana llamó a Jack insistentemente, pero tanto él como Paul corrían como locos alrededor de una mesa.

Solo había una cosa que podía hacer para llamar su atención: comida. Al sacar un puñado de pienso perruno del bolsillo, los dos se acercaron a ella y los ató en su perricinturón.

Dana fue directamente a la fuente de agua que estaba al lado de las canchas y Rosie arrastraba a Hamlet como podía hasta llegar junto a ella. El gigante gris había seguido a sus compañeros perrunos por la emoción del momento, pero lo único que quería era echarse a dormir. Para cuando llegó a Dana, la mastina estaba empapada de agua y salpicaba a Rosie cada vez que se intentaba secar.

Mientras tanto, Ruby se encargaba de vigilar la puerta y volver a meter a los perros a medida que volvían. Por supuesto, Rose no se movió de su lado y casi parecía que miraba decepcionada a los demás perros por escaparse corriendo de esa forma.

—**Pero ¡qué relajo!** —exclamó la señorita Tucker cuando todos estuvieron finalmente a salvo—. Por un momento pensé que lo iban a destrozar todo.

—Lo siento mucho, señorita Tucker —dijo Justin—. Dejé la puerta entreabierta al dejar a Jones y no me di cuenta.

—¡Menos mal que estaban aquí! —exclamó ella revolviendo los rizos anaranjados de Ana.

La chica respiró profundamente. Parecía que había dejado de hacerlo cuando vio que se escapaba el primer perro y por fin se pudo relajar. Al fin y al cabo, solo fue un leve contratiempo y la mayoría de la gente se estaba riendo del altercado.

—¡Chicas! ¡CHICAS!

Lara Wang se acercaba hacia ellas con algunos panfletos en una mano y haciendo aspavientos con la otra. Cuando llegó, levantó los brazos de forma triunfal.

—¡Lo logramos! —exclamó muy emocionada—. ¡Los tres perros tienen casa definitiva!

Todo el mundo a su alrededor empezó a aplaudir y las chicas se dieron un abrazo. ¡Qué éxito! Por fin los tres perros tenían una familia y todos podrían vivir felices en sus nuevas casas.

Cuando terminó la fiesta, cada perro volvió con su dueño, y todos los alumnos, padres y profesores de la escuela Wellington se fueron a casa.

Ana se quedó con sus amigas contemplando los restos de la fiesta.

—Somos las mejores paseadoras del mundo —dijo Rosie con orgullo.

—No solo paseamos perros, ¡también les buscamos casa! —añadió Violet.

—Y los adiestramos —se unió Ruby—. Juntamos un buen grupo.

—Somos... El Club de las Paseadoras de Perros.

Las tres miraron a Ana con los ojos muy abiertos.

Sí, definitivamente, ese era su nombre:

EL CLUB DE LAS PASEADORAS DE PERROS

🐾 Índice

¡Si te gustó *El club de las paseadoras de perros*, no te puedes perder *Arcoíris Grey*!

AMARI SABE TRES COSAS:

Su hermano Quinton ha
desaparecido.
Nadie quiere hablar del asunto.
Una misteriosa invitación
es su única pista.

¡Disfruta las aventuras de Amari!